ECHIZEN Mutsugoro
越前睦吾郎

心の虫眼鏡

―病中日記―

文芸社

はじめに

この日記は、夫が亡くなったあと、本棚の整理をしていた時に出てきました。１９９８年5月、夫が51歳の時に抑うつ状態と診断され、その1週間後から職場復帰するまでを書きとめたものです。

「体がおかしい。退職する」と告げられたのはゴールデンウィーク明けの土曜日でした。不整脈や熟睡できないことは聞いていましたが、退職を考えるほど不調だとは気づきませんでした。受診してから考えるよう義姉や義弟と共に説得したのですが、「休むと迷惑をかける。退職する」の一点張りで、仕方なく受け入れ、日曜日に退職届を上司の家に持って行きました。

月曜日、夫は1人で精神科のある病院へ行き、抑うつ状態と診断されました。それを聞いて私はすぐにその医師に会い、対応の仕方や注意すべきことをお聞きしました。すると、夫の話すことをただ聞いてあげるように、治りかけに気を配るように、トンネルを抜けるように治っていくから……そんなお話でした。退職届については、病気がそうさせたのだから待ってもらいなさいと助言していただき、年休扱いとなりました。

日記には、行き場のない考えに自問自答し、悶々と悩む日々が綴られています。夫は、学生時代にペンネームを決めて小説家の道も考えたことがあると言っていましたから、書くことで思考が保たれていたのかもしれません。亡くなった義父も長年日記を書いていたので、その影響もあるのでしょう。

義父は、旧制中学校で仏教を学び、役僧をしていた時期もありました。その義父が中学生の頃、雨が降るといつも遅刻するので親が呼ばれたそうです。遅刻の理由は、道に出てきたカタツムリが車に轢かれないよう、草むらに戻していたからとのことでした。夫にもその遺伝子は受け継がれ、家に入ってきた虫の退治を頼むと、「一寸の虫にも五分の魂」と言い、捕まえても外に逃がしていました。やさしい性格からこの病気を発症したのでしょうか。義父が亡くなって1年後というのも関係があったのでしょうか。

鮮明に思い出される夫の姿があります。うつ病の治療中、背後から斧で襲われる恐怖感からトイレの前で立ち止まる姿や、私のことが「妖怪人間べム」に見えると言ってガチガチと震え、怯える姿です。物凄い形相でした。どうなってしまうのか、私は恐怖と不安でいっぱいでした。薬の影響とはいえ、一番つらい時期でした。

また、年休・病休の期限ごとに復帰の話が出ますが、そのたびに落ち込み、暗いトンネルの中でうろうろしている状態に見えました。退職していれば夫の苦しみは軽かったのだろうかとも思いました。病休最終期限の時も、まだトンネルの中にいる様子だったので、復帰する気持ちになったことは驚きでした。驚きというより不思議でした。もちろん嬉しかったのですが、治りかけに気をつけるよう言われたことを思い出し、私は不安でした。復帰後数ヶ月は気を張り、心配していたと思います。

治療のお役に立てるかどうかはわかりませんが、夫とよく似た状態にある方に、トンネルを抜けることができるという希望を持っていただけたら幸いです。

私はこの日記を読んで、生きていく上で大事なことや考え方に気づかされました。本棚に置き、折に触れ読み返したいと思っています。

もくじ

5月

今日から日記をつけよう。

5月17日

私は抑鬱状態に陥った。医師の治療を受けている。医師は過去の症例を元にしながら最も適すると思われる治療をほどこすであろう。しかし医師には抑鬱状態の経験がない。あくまでも症例である。そこで、まさに抑鬱状態に陥っている自分自身がいろいろと思うことを書き残して後の医療に役立てていただきたいと考えた。

直接の原因は自分も分からない。しかし、父の死が大きく影響していることは間違いない。父は自分を大事にしてくれた。その父が亡くなった。最後の3ヶ月、自分はできるだけの看病をした。だから何の悔いもなかった。しかし、心の中にあいた穴は相当大きかったのだ。

父の日記を読み返している。自分は父とよく似ている。父の日記を読み返すことによって自分の人生をより深く考えようということだ。

病気として顕わになったのは5月8日である。急に適応能力がなくなった。左半身が麻痺したような感覚になり、もう仕事はできないと感じた。自分の責任を果たすことができなくなった。みんなに迷惑をかけることになる。迷惑を最小限にくい止めるには「退職」しかないと考えるようになった。妻、弟とともに上司のお宅におじゃまして「退職届」を提出した。

今日の調子はそれほど悪くなかった。みんなに迷惑をかけている、自分が情けない、妻や子供等に申し訳ない。調子が悪いときにはこのような考えが自分の心を責めさいなむのである。

今日は調子が良いので物語を1つ書こう。

昭和初期の中国大陸最前線での話である。

敵のスパイは必ず首をはねられる。はねられる側にすればおとなしくしていられるはずがない。たまにはおとなしく死地へ赴く者もいるが、たいていは暴れる。剣の達人でも切り損ねてしまう。１回で切られれば楽にあの世にいけるのに暴れるから相当痛い思いをすることになる。

ある部隊に阿部という軍曹がいた。いわば首切り役人である。阿部が切るときには誰一人暴れる者がいないという。ある日、噂を聞いた将軍が現場を視察することになった。後ろ手に縛られているのは、果物売りに変装して部隊に近づきいろいろと情報を集めていたスパイだという。今まさに首をはねられようとしているのだからじっとしている訳がない。泣きわめいて暴れている。阿部が鞘におさめた日本刀を手にスパイに近づいた。「いくら噂の阿部でも今度ばかりは」と将軍は思った。阿部は中国語に通じている。その阿部がスパイの耳元で何かをつぶやいた。何を言ったのか誰も分からない。スパイは驚くことに今までの暴れようがまるで嘘のようにおとなしくなった。むしろ堂々としている。背筋をぴんと伸ばして正座し直した。そして、首をはねやすいように前屈みになった。将軍は我が目を疑った。阿部はゆっくり日本刀を鞘から抜いた。スパイは、阿部の抜いた刀の冷たい光にも全く動揺しなかった。刀が振り下ろされた。一瞬の出来事である。スパイの一生は終わった。

将軍は阿部におとなしくなった訳を尋ねた。阿部は答えた。「それは、生きる希望です」

と。

詳しくは後ほど述べよう。

5月18日（月）

昨晩はまあまあ眠れたのであろう。

寝ている間は無意識である。無意識に何かをしでかしているのではと不安になる。1、2日前、現実にあったからだ。

翌日は仕事に出かけようと思って準備をした。夜中の1時頃の話である。当然なにがしかのお金が必要だからと言って妻から受け取ったらしい。かばんや他の用意もしてあった。しかし、その辺のところが全く記憶にないのである。数日して、妻からいろいろヒントをもらった結果、ノートパソコンのケースからお金が発見された。まあめでたしというところだが、夜中無意識に行動しているのかと思うと非常に不安になった。

今朝、妻に昨晩の様子を尋ねた。おなかがすいて眠れないから軽い夜食をとったこと、肘がだるいので眠れないから湿布薬をはったことの2つを教えてもらった。自分もしっかり覚えていたことであった。とても安心した。こういう病気になるといろいろな不安が頭をよぎるものである。

本日、E病院の山田先生と面談した。5月11日にはじめてお会いしてから3回目になる。病状や職場復帰のことについて相談した。妻も同伴していたが心配そうに眺めていた。思えば本当に申し訳ないことである。先生に、今はゆっくり治療に専念したい旨を伝えた。先生は、「少し良くなってきた証拠だ」と励ましてくれた。

職場復帰について、先生は「退職を希望しているが、海や山の近くの小さな学校で公教育に携わる気持ちはないか」と尋ねた。また、年金の額などを通して、今退職することの不利益についても説明してくれた。いろいろなことを天秤にかけて考えると頭が痛くなる。「今は適切な判断力を欠いているから」と答えておいた。みんなが自分の人生について少しでも有利になるようにと考えてくれていることが、十分すぎるほど理解できた。本当にありがたいことである。しかし、新たな仕事に自信があるわけでも何でもないが、たぶん公教育に携わることはないだろうと予想している。安定した生活を望んでいる妻には申し訳ない。

「不登校」について考えてみたい。今は病気治療中だから、たぶん正しく考えることはできないだろう。しかし、病気中だからこそ思いつくということもあるかもしれない。そのような気楽な気持ちで考えてみた。

自分が小学生の頃、同じ町内に、1つ下の奈津代ちゃん（仮名）という女の子がいた。今で言うところの不登校児である。毎朝泣きながら母親の手に引かれながら、というより引きずられながら登校していた。機嫌の良いときには近くの上級生といっしょに登校したこともあったように思う。小学校の何年生までそのような生活が続いたのかは記憶にない。しかし、奈津代ちゃんが中学校へは1日も行かなかったことは確かである。奈津代ちゃん一家は仕事の都合で、県内ではあるが他所へ引っ越した。

ずいぶん後のことだが奈津代ちゃんも結婚し、子供もできて幸せに暮らしているということを聞いた。結論的に言えば、子供に教育を受けさせることは親としての義務ではあるが、たとえ学校へ行かなくても立派に人間として生活していけるということである。少々の努力は必要であるが、無理をして登校させることはないように思う。

自分は今「抑鬱状態」という病気になって休養を余儀なくされている。「抑鬱状態」というのは、いわゆる「鬱病」であろう。自信をなくし、物事を悪い方へ悪い方へと考えてしまう。健康な人には想像もつかないような精神的な苦痛にさいなまれるやっかいな病気である。「胃に穴があいたら、仕事に行けますか」「自動車にはねられて意識不明の人が仕事に行けますか」主治医の山田先生に説得されて一応納得はした。しかし、自分の将来について、あるいは、妻や子供に申し訳ないこと、何よりもまして職場の同僚、教え子、保護者等に迷惑をかけていることなどが次々と思い浮かび、身を切り刻まれるような苦しい状態に陥る。

先生の話を聞いても医学書を読んでも、必ず治る病気であるという。再度納得して治療に専念しようと思うようになる。だが、しばらくすると、欧米ではこのような病気について理解があり社会復帰も容易であろうが、我が国ではそうはいかないだろうと考えるとまた苦しくなる。

不登校児もよく似た苦しみを味わっているのではないかと思う。学校へ行った方が良いこと、あるいは行かなければならないことが頭の中でははっきりと分かっているはずだ。だが行けないのである。前の日の夜には学校へ行く準備をしているのだろう。学校へ行ける自信もあるのだろう。しかし、翌朝になると行けないのである。教育に携わる先生方もこの問題には真剣に取り組んでいる。県や市も教育行政の重要課題の1つとして全力をあげて取り組んでいる。なんとか不登校の原因をつきとめそれを排除して登校できるようにしてあげようと日々努力している。そのことについて、自分は「登校を強制しないで自分の家でゆっくり静養させることが肝要だ」と考える。それは、不登校という現象は一種の病気と考えるからである。治療薬が開発されていない病気である。

「胃に穴があいたら、仕事に行けますか」「自動車にはねられて意識不明の人が仕事に行けますか」主治医の山田先生が自分に言った言葉を、不登校児の保護者、あるいはその子に関わる先生方に言いたい。「胃に穴があいたら、学校に行けますか」「自動車にはねられて意識不明の子供が学校に行けますか」。

偏見をなくし、その子のエネルギーが十分蓄えられるまでゆっくり家で静養させてあげたい。学校での勉強が全てであるという狭い視野で物事を考えるならばそうはいかないだろう。しかし、子供の心の弱さやわがままが不登校を引き起こしているのではない。病気だからという意識が必要であろう。学校へ行きたくない子供を無理矢理力ずくで登校させて、それがよいことだと思う者もいるという。子供だから力ずくで対処すれば何でもできる。しかし、それは大きな間違いだと考える。

自分は今病気治療中である。この苦しみの経験をそのような子供たちの人生に役立てることができたならと考えると少し勇気がわいてくる。

午後はうとうとと昼寝をしていた。午後3時頃だろうか。偶然、「近頃、精神性の疾患にかかる教師が増加している」というテレビのニュースを耳にした。自分もその1人かと思うと情けないような寂しいような気がした。文を書くことで気分転換を図ろう。

＊

――時間についての雑感――

枕元に小さな目覚まし時計が置いてある。元気に勤めに出ていたときには大切な道具であった。毎朝6時10分に音が出るようにセットしてあった。しかし、実際はあまりその音を聞いたことがない。体内時計のおかげで、その時刻以前に目が覚めていたのだ。こうして勤めに出なくてもよい状態になると、この目覚まし時計の存在価値も全く低下してしまった。考えてみると、これまでは本当に「時間」に縛られた生活であった。社会生活を営むうえでは当然のことであり、これからも続くことである。5分や10分ぐらいは大目にみる人間と、秒針まで気になる人間がいる。自分はどうも後者らしい。だからこのような病気になってしまったのだろう。時の流れは、大河のようにゆったりと流れるものなのか、それとも、谷間の急流のようなものなのか。

5月19日

朝、気持ちよく目覚めた。ここしばらくは不眠症的な症状が続いていた。ここしばらくといっても1年以上になる。父が入院していた頃からである。今でもよく覚えている。毎週金曜日の夜はおおかた病院に泊まった。父の看病のためである。夜の8時、10時、12時、夜中の2時など、2時間おきに父の排泄物の処理をした。父の死後も2時間おきに目覚める習慣が身に付いてしまった。しばらくの後、かなり眠れるようにはなったが、熟睡はできなかったようだ。今は薬のおかげで、眠りすぎるほどよく眠れる。だから、朝はさわやかである。

さわやかであるために、一瞬自分の病気のことを忘れてしまう。しかし、それもつかの間のことである。目覚めた瞬間は様々な知識が、ただ断片的に意識されている。次第にその知識群が関係づけられていく。おおかたの知識が関係づけられてしまうと、今の自分の状況が理解されるのである。「自分は病気なんだ」と。再び、いろいろ考えて苦しむことになる。たとえば、今日は、確か、大きな会議のある日である。自分にも役割が与えられていた。それが果たせない。また、多くの同級生たちとも会える日だった。いろいろな顔が思い浮かぶ。実に苦しい。

休養しているおかげで、こうしていろいろなことを考えることができる。仏様が自分に大切な時間をお与えになったのだと、無理をして自分に納得させておこう。

＊

父の日記　1

1934年1月1日

ああ、また明けたり。ここに1934年を迎えぬ。余年正に22歳（※数え年だろう）となりしなり。起床5時にして直ちに梵鐘をつく。静寂に反響する遠近の鐘つくづく元旦の朝なるものを感ぜり。部屋にて休息。仏飯を盛り御堂の戸を開け、勤行となせり。

いまのところ、これが父の残した日記のうちで最も古いものである。

1939年4月1日

今日より日記を改めることにした。何故なれば今日は我の新生活に入る日であるからだ。朝から実に良い天気である。まず5時起床して勤行をいたし朝食を食べたり。村内の人が来てくださった。我は福井に赴き、2、3の用事を終えて帰宅せり。本日は福井地方に2度も足を運ぶに至れり。2時近くになって道具が来た。3時過ぎ、タクシーを連ねて誰やらがおいでになる。我ら総勢9人が人垣の中を福井に向かう。到着。盃を終えて記念撮影をしたが、結果が気になって仕方がない。宴会は午後8時半終了。家では村内の人々がおおいに飲み歌い始めた。今夜初めて父の演説を聞いたが我が親父としては割に雄弁である。村の人々の中にはかなりわめきあげる人々もあった。午後11時過ぎ終了せり。すべてが終わりて後、彼女が唯一人ぽつねんと残されたのを見たとき非常なる同情心を覚えたのであった。我は今初めて彼女の性格を知り得たが、それは我にとりて何ともいえぬ喜びであった。我の予想それ以上に彼女が純情であり温和であったことを知って我はいかに喜びしことか。今夜は2人とも一睡もしなかった。やはりそれは新婚の興奮であることは言を待たない。

これは、父の結婚式当日の日記であろう。昔は、本当に相手がどんな人か分からないままに結婚したということがうかがえる。唯一人ぽつねんと残された女性が、実は自分の母だったのだ。平凡な人間の、実に平凡な結婚。しかし、父にとっては日記を改めるほどの大切な1日であった。この世には実にたくさんの平凡な人たちがいる。歴史に残るような人々の1日も大切であろうが、泡のように生まれて泡のように消えていく実に平凡な人の1日だってとても大切なのだ。平凡な人たち。手を携えて助け合いながら、支え合いながら1日1日を大切にしていこう。

＊

——現代科学についての雑感——

これは単に幽霊の存在を信ずるか否かということだ。以前に、ある高貴なお坊さんから聞いたことを紹介しよう。

昭和の初期、ある町の小さな禅宗のお寺での話である。

修行のために常時何人かのお坊さんが寝泊まりしていた。毎年、何人かの病人がでる。はじめのうちは、その現象に法則があることに誰も気づかなかった。その法則とは次の2点。季節で言えば、夏のある時期であること。病気にかかる者は、南側の角から2つ目の部屋で寝泊まりしている者であること。病気といっても命にかかわるほどのものではない。夜になると高熱にうなされる。医者にみてもらっても何の異常もない。寺にもどり日課をすませて床につくと、再び高熱にうなされる。まあこういった病気である。私に話をしてくれたそのお坊さんも、たまたまその時期にそのお寺で修行をしていた。修行僧といっても一様ではない。はじめて修行する若いお坊さん。全国のいろいろなところで修行を積んでいる筋金入りのお坊さん。私に話をしてくれたお坊さんは、筋金入りの方で、現象の法則性にすぐさま気づいた。何かの怨念の結果かもしれないということで、その部屋の床下を掘り起こすことになった。人骨が発見された。調査の結果、江戸時代に行方不明になった若い女性のものだという。たぶん誰かに殺害されて埋められたのが、ようやく発見されたということだろう。お寺で供養することになった。7日間の読経中、毎日、1人の若い女性がいっしょにお参りしていた。お堂の後ろの片隅で合掌する若い女性。数人のお坊さんは確かに見たという。しかし、おおかたの若いお坊さんには見えなかったという。

私に話をしてくれたお坊さんは、あれは幽霊だったという。軽々しく言うと精神障害者扱いされるのでめったに口には出さないが、鍛錬の違いで見えたり見えなかったりする幽霊だったという。

それ以来、自分も幽霊の存在を信ずるようになった。

科学の進歩にしたがって新たなことが明らかになる。この先、科学はさらに進歩していくだろう。我々は、科学で明らかになったことだけが真実であるという錯覚に陥っているようだ。視野を広げよう。

＊

――葛藤――

人間はいろいろな面を持ち合わせている。今の自分で言うならば、すっかり活動のエネルギーをなくした自分と、無理矢理働かせようとする元気な自分である。ロダンの「考える人」は片腕で自分の頭を支えながらしっかりと考えている。今の自分は、頭を支える力もなく、ただぼんやりしているだけである。考えているといってもたいしたことはないのであろう。元気な自分が、病気の自分を叱咤激励する。その都度苦しくなる。休養も難しいものだ。

昨今、心の教育の重要性が指摘されている。「心の教育は心で行うもの」という言葉をある講演会で聞いたことがある。心を病んでいる自分が不適であることは間違いない。退職を決意したことは正しいことであろう。しかし、治癒した後のことを考えるとまた不安になる。自分の病気は、考えることによって苦しむ病気なのだろう。

5月20日

只今の時刻は午前6時20分である。

気持ちよく目覚めた。全く普通の生活に戻れそうな気持ちである。取り返しのつかないほど迷惑をかけているとか、こんな病気になってはずかしいとかいう気持ちが薄らいでいる。妻に復帰できるような気がすると言うととても喜んだ。

しかし、こんなに早く治るはずがない。昨日述べたところの、すっかり活動のエネルギーをなくした自分と、無理矢理働かせようとする元気な自分のうち、前者はまだ眠りの状態にあって後者が元気良く活動している結果だろう。妻にも、あまり喜ぶなと伝えた。

只今の時刻は午前8時25分である。

気分は、先ほどとそれほど変わりはない。ありがたいことである。しかし、こういうことを考えること自体が病気なのだろう。プラス思考とマイナス思考の争い。患者の口からでてくることに統一性がない。家族をはじめ、周りの者は振り回されないことが肝要だ。

また、物語を書く。

その前に、第1話の結末を明らかにしておこう。

阿部軍曹はスパイの耳元でささやいた。

「正々堂々と死に臨め。そうすることによって生きる望みがあるのだ。実際、そのような態度に感動した上官によって死を許された者がいるのだ」と。

まあ、実にくだらないおちではある。しかし、「嘘も方便」ということは1つの真実ではある。

それでは、第2話を始めよう。

「カラス」の話。

1羽のカラスがいました。名前を「かん太」とでもつけましょう。

かん太は、町中の小さな森をすみかにしていました。森の近くには1軒の大きなお屋敷があって、その庭には、いくつもの餌台が置いてありました。お屋敷のご主人様は大の鳥好きだったのです。庭にやってくるいろいろな鳥を眺めて楽しんでいました。

餌台には、森では食べられないおいしそうな餌がたくさん置いてあります。うわさを聞いたかん太も1度おとずれたことがありました。メジロ、ツグミ、ウグイス。いろいろな鳥が餌台の上でたわむれていました。ご主人様は、とりわけウグイスを好んでいるようでした。視線のほとんどはウグイスに向けられています。とにかく、ご主人様はこの上もなく上機嫌だったのです。ところが、かん太が餌台に近づくと、ご主人様の顔つきが急に険しくなって、あげくのはては石を投げつけられるといった有様でした。かん太は一目散に森に逃げ帰りました。

かん太は悲しみました。自分がウグイスだったらよかったのに。ウグイスは、色も鳴き声もうっとりするほどきれいです。「かあ。かあ」ぞっとするような自分の鳴き声。それに、色は真っ黒。カラスであることがいやになりました。

ある日、かん太は、森の神様に「私をウグイスにしてください」とお願いしました。あっという間にかん太はウグイスになりました。

鳴き声もすっかりウグイスです。水たまりに姿をうつしてみました。やはり、ウグイスです。

かん太は、ご主人様の庭をおとずれることにしました。

餌台にはおいしそうな餌がずらりと並んでいます。しかし、はじめのうちは、餌台のはるか上空をくるくる回っていました。また、石を投げつけられそうな気がしたからです。しかし、今はウグイスです。ご主人様は、かん太が餌台にとまるのを心待ちにしているようでした。かん太は思い切って餌台にとまりました。ご主人様の顔は以前よりも増して上機嫌にみえました。かん太は餌をついばみました。森では味わえない、本当においしい餌でした。

このような日が何日か続きました。

あるときは、ご主人様の手のひらにとまることもありました。ご主人様の太い指先が触れるか触れないかのような感じで頭をなでてくれました。手のひらには、いっそうおいしい餌がおいてありました。

しかし、しばらくの後、かん太の心に不安がよぎるようになりました。カラスにもどってしまうのではないか。

その不安は日に日に大きくなっていきました。ご主人様の庭をおとずれることもなくなりました。森の餌も食べられないような有様でした。かん太がカラスの時は、ほかの鳥たちとも仲良く過ごしていたのにそれもできなくなりました。

かん太は、再び、森の神様にお願いしました。「私をカラスに戻してください」あっという間にかん太はカラスにもどりました。

ウグイスの時はあれほど優しくしてくれたご主人様が、カラスにもどったかん太を見ると石を投げつけます。あのおいしい餌がたくさん並んでいた餌台には近づくことさえできません。しかし、今のかん太には、そのおいしそうな餌がうらやましくないのです。ご主人様の投げる石も、実はそれほど怖くなくなっていたのでした。「アホー。アホー」かん太は違う鳴き声を覚えました。ご主人様は、ますますむきになって石を投げつけます。

かん太には、森の餌がとてもおいしく感じました。


只今の時刻は、お昼の12時25分である。

1人で昼食を終えたところである。

午前中と比べると、マイナス思考がずいぶんと勢力を拡大してきている。

苦しみのポイントは、次の3点。

1つ目は、申し訳ないという気持ち。

2つ目は、情けないという気持ち。

3つ目は、はずかしいという気持ち。

職場に行かない理由としては、年休、病休、休職、退職などがある。妻の話によれば、現在は、年休扱いになっているのではという。つまり、自分がしなければならない仕事を職場の皆様が分担して進めている、ということである。申し訳なくて、とてもつらい。

娘が、昼食を早めにすませて学校へ行った。留守電にし、玄関に鍵をかけて出かけた。

薬を飲むと眠くなることと対応能力の欠如を自覚していることから、自分が頼んでいることである。しかし、全く情けない。
今日は、とてもよい天気である。外に出てひなたぼっこをすると気持ちが良いだろう。しかし、1歩も外に出られない。はずかしいからである。「休みの日でもないのに、何をしているのだろう」という他人の目が気になる。

1つ目、2つ目の苦しみは当然としても、なぜはずかしいのか。
自分の病気が心臓病や胃の病気だったら楽に休めるのにと、時々思う。これは、心の病気に対する偏見だと考えている。自分自身、この偏見を持っているから3つ目の苦しみを味わっているのだろう。偏見の大きさと苦しみは、まさに正比例の関係にある。偏見が大きければそれだけ強い苦しみを味わう。偏見がなければ、苦しみもないのだ。自分は、本当にはずかしく思っている。それだけ大きな偏見を持っているのだろう。偏見をなくせと自分に言い聞かせても、いっこうになくならない。

只今の時刻は午後4時半頃である。

昼寝はなるべく避けている。夜眠れなくなるからだ。今日の午後は、ついうとうとと昼寝をしてしまった。

3時半頃から1時間ほど、インターネットでSOHOについての情報をみていた。仕事のことが気になっているのだろう。そのうち急に不安になってきた。いったい自分は何をしているのだろう。これでいいのか。自分がだめになってしまうのではないか。もう普通の社会人に戻れないのではないか。胸が悪くなるほどの自己嫌悪感に襲われる。不安を解消するために、違うことを考えるために、今この文を書いている。何かぼんやりといろいろなことを考えてしまうので、次の行に移るまでに時間がかかる。

たばこを吸って一服しよう。

いろいろな局面を想定する。最後は、やはり、悲観的な将来に落ち着いてしまう。

5月21日

今朝は5時頃に目覚めた。いつもならもう少し床についているのだが、もう文を書いている。症状のうちの1つなのだろう。

眠っている妻に迷惑がかからないように、なるべく静かに作業をしている。妻は風邪をひいている。せきがひどいし、熱もあるみたいだ。何度か自分で熱を計ってもいる。このような状態でも愚痴一つ言わずに自分のためにあれこれと世話をしてくれている。本当にありがたい。同時に、自分が情けない。

昨日の夕方は体調が今ひとつであった。その頃に、昔の教え子のB君がお母さんといっしょに訪ねてくれた。B君からは、最近2度電話があった。1回目は自分が健康な状態（健康といっても、病気が顕わになっていなかっただけのことであろう）の頃であった。その時、彼から2度脳内出血をして倒れ、体の左側が自由でないことを聞いた。休みになったら、彼に会って激励しようと思っていた。2回目は、すでに休養のために仕事を休んでいる時だった。電話にも、はじめは娘が出た。彼からの電話だと分かったので、こちらから電話した。それも、はじめは妻にやってもらった。途中でかわって彼と話をした。自分の病気のことを話すと、「先生、むりしないで」と言ってくれた。こちらの方が励まされた。土曜日か日曜日に自宅に来るということだったので、そのつもりでいた。ところが、昨日突然訪れてくれた。自分が25歳の時の教え子だから、26、27年ぶりである。思えば久しぶりの再会であるが、とても身近に感じた。お母さんにも部屋に入ってもらった。仕事から帰ってきた妻も交え、4人で楽しいひとときを過ごした。B君は、確かに体の左側が自由でなかったが、とても明るく元気であった。お母さんもとても優しくたくましかった。2人は、自分が休養していることをとても良いことだと言ってくれた。特にB君は、自分のために革製の財布を作ってあげると言ってくれた。「無理をしなくてもいいよ」軽く辞退した。しかし、それがリハビリの1つで、かえって励みになると聞いたのでありがたくお願いすることにした。どんな財布になるのか本当に楽しみである。

4人で話をしている時、もう1人お客があった。自分の勤め先と同じブロックの学校で勤務している先生である。研修が終わったところだという。自分が動けないほどの重病だと思っていたらしい。元気な姿を見て拍子抜けしたようであった。時々、左腕が麻痺したりぼんやりしたりするだけというようなことを告げると、安心して帰った。今の自分は、誰が見ても病気に見えない。「交通事故で意識がなくなった人が仕事に行けますか」山田先生の言葉を思い出した。

午前の9時半を過ぎている。

学校で言うと、2限目だ。

この日記はいつまで続くのだろう。早く終わってほしいような気もするし、ずっと続いてほしいような気もする。今は、どちらかといえば後者だ。自分のしなければならない仕事がいろいろとあった。休むことで、仕事上の大きな穴をいくつもあけてしまった。病気が治りましたといって、そう簡単に復帰する気にはなれない。

横になってゆっくりと休養すればいいのだが、それができない。横になっているだけで自己嫌悪感に陥る。「みんなが仕事をしている時に寝ているとは何ごとだ」自分がどんどんだめになっていくような気がしてならない。

コンピュータにむかって何かを書く。仕事をしているようで安心する。疲れているのだからゆっくり休めばよいのに、それができない。虚栄心のかたまりのようでまた苦しくなる。

この作業は、一種の逃避であろうが、自己治療の1つだと考えて、自分を慰めている。

数日前、インターネットから保存しておいた8月30日付け（1997年）の資料が、パソコンから偶然みつかった。「人はどうしてうつ病になるのか」と題してあった。どういう人がかかりやすいのか、同じ病気の人の体験談や意見交換、あるいは、治療法などが述べられている。去年の8月にこの資料を取得したということは、その頃すでに病気にかかり始めていたのだと思う。資料には、「ストレスチェック」というものもあって、15項目の質問が書いてある。当てはまる数によって、5段階に判定される仕組みになっている。夕食の後、家族3人で実際にやってみた。健康な状態を「5」、最も不健康な状態を「1」としよう。妻と娘は、「4」であった。ちなみに、自分は、「3」であった。いずれも少々の休養を必要とする程度である。医者にかかるほどのものではない。去年の8月にも、きっと自己診断をしていたに違いない。結果も今程度のもので、安心して仕事を続けていたのだろう。自分だけの判断だけではだめである。いろいろな人の意見を聞くことの大切さを学んだ。

なんとなく、「三省堂」の国語辞典（CD-ROM）で調べてみた。

うつびょう【うつ病】〈鬱病〉《国》
〈名〉躁鬱病（そううつびょう）の一つの症状（しょうじょう）。異常（いじょう）に気分がめいる。
［類］抑（よく）うつ病・メランコリー［対］そう病

そううつびょう【そううつ病】〈〈躁鬱〉病〉《国》
〈名〉精神（せいしん）病の一つ。異常（いじょう）に興奮（こうふん）してうきうきした気持ちになるとき［＝そう状態（じょうたい）］と、ゆううつでしずんだ気持ちになるとき［＝うつ状態］が、交互（こうご）にあらわれる病気。

この説明によると、コンピュータで文を書いているときが「そう状態」であり、疲れた感じで横になっているのが「うつ状態」ではなかろうか。

実は、今日、妻も風邪をひいて寝ている。自分の看病疲れもあるのだろう。かわいそうに。おまけに、娘も寝ている。娘は病気ではないが、あえて言うなれば「眠り病」である。寝る子は育つというが、それにしても眠りすぎである。とにかく、我が家は病気の巣である。

午後、妻と将来のことについて、やや具体的な話をした。とたんに目先がまっくらになり落ち込んでしまった。

自分は、本当に病気なのだろうか。それとも、ただの怠け者なのだろうか。

「天才と馬鹿は紙一重」ということわざを思い出した。再び、国語辞典によれば、天才とは、生まれつきの、とびぬけてすぐれた才能をもつ人のことをいう。馬鹿とは、頭が悪く、知恵のはたらきがにぶい人のことをいう。両者は極端に違うようでそれほど差がないということである。

「紙一重」であるのは天才と馬鹿だけではない。いろいろな場合にあてはまるのだろう。生と死も紙一重といえばそうだ。昨年、身近な人が交通事故にあった。幸い、かすり傷程度で終わったが、百分の数秒の違いで即死というケースも考えられた。このような例はいくらでもある。正に、生と死は紙一重なのだ。病気と健康も、実際は紙一重なのかもしれない。

このように、極端に違うようで実はそれほど差はないという視点に立つことも、時には必要であろう。

5月22日
午前5時50分

最近、日記に、しばしば時刻を入れている。

どうも、時刻によって症状が異なるからだ。今日の朝も、とても気持ちよく目覚めた。

先日、山田先生がおっしゃった「山や海の近くの学校」なら、今からでも仕事ができる。

それればかりか、現在の勤務校でも、何ら差し障りなく勤務できそうな気がするから不思議である。

午前中は、気分的に良い状態が続く。午後になるとやや落ち込み始め、夕方には最悪の状態になる。このような傾向があることに気づいた。

昨日の夜も最悪の状態であった。妻の「なんとか楽にならないかね」という言葉をしっかりと覚えている。娘も心配そうであった。なんとかお風呂には入ることができた。

今朝の状態と比べると自分でも不思議に思う。

病気が治ると、今朝のように爽やかな気分になれるのだろうか。

薬のせいでこのような気分になるのかもしれない。何時間か後には、また違った気分になる可能性がある。

「朝、目覚めたときは、とても爽やかな自信に満ちた気持ちになることがある」ということを山田先生に伝えてほしいと頼んでおいた。

午前10時40分

今朝、山田先生に診察していただいた。予定は25日だが、診断書提出のこともあって今日にした。

山田先生に、日頃の症状などを説明した。典型的な症例とは逆のようである。普通は、午後の方が気分が良くなるらしい。

診察の途中、山田先生にほめられた。「患者の中では優秀な方である」と。

このような状況でほめられても喜ぶ気にはなれない。しかし、なんとなくうれしい気持ちになったのは確かである。教育界でも「ほめる」ことの重要性が指摘されている。意欲を高めるには、叱咤激励するよりもよいところを見つけてほめる方が効果的である。

診断書に書く「期間」のことが話題になった。自分としては、6月の下旬を1つの区切りと考えていた。6月下旬は、研究発表を予定していた時期である。昨年から、つまずき対策についての研究を進めていた。対策の1つとして、コンピュータを活用した、もう少し大げさにいえば、インターネットを活用した個別学習についての研究に取り組んでいた。文献としての資料は未作成だが、2、30本の算数に関する学習ソフトは開発済みであった。間に合えば、せめてソフトだけでも公開したいと思っていた。

診断書には2ヶ月ぐらいと書くが、完治には半年程度の期間は考えておかなければならないだろうということであった。ゆっくり治療することにした。

今日は、外科胃腸科でも診察してもらった。食事中、のどに詰まりがちになることなどの症状があったからである。胃の透視をしてもらったら、軽い胃炎だという。それほどひどい病気ではなかったので安心した。

精神科の待合所ではなんとなく気恥ずかしいのに、外科胃腸科の待合所では何も気にならない。まさに偏見である。精神科の待合所には、自分の他にもう1人若い男性がいた。自分自身、この人はどこかおかしいのだろうという偏見をもってしまった。

外科胃腸科の先生や看護婦さんは精神科のことを正しく理解しているのだろうか。カルテから、自分が精神科の患者でもあることを知って、少しとまどっているような様子であった。きっと、これは自分の思い過ごしであろう。

午後4時40分

昨日の同じ時刻に比べると、はるかに気分がよい。

今日のお昼頃、妻がクリーニング屋へ行った。自分のワイシャツや背広をもって出かけた。ワイシャツや背広。しばらくは、自分には用がないのだと思うと少し寂しかった。

妻が戻って言うには、クリーニング屋のご主人が、昨年の8月に倒れて、手の指を除いて、全身が不自由になってしまったという。

思えば、従弟は、28歳で急死した。くも膜下出血である。義理の兄は、胃癌のために自分ぐらいの年で亡くなった。自分よりひどい人と比べて気休めにしようというのでは決してない。彼らは自らが望んでそうなったわけではない。そうなってしまったのである。自分ではどうしようもない何かの力によってそうなってしまったのである。自分も望んで病気になったわけではない。かかってしまったのである。あきらめではないが、大げさにいえば、「運命」である。悟りを開いた偉いお方たちは、無駄な抵抗をしないで安心して毎日を過ごしていたのだろう。我々凡人には、とてもその域に達することはできない。しかし、何か不思議な力の存在を感じたのは事実である。

「こうでなければならない、ああでなければならない」は、つらい。「こうであるはずだ、ああであるはずだ」も、つらい。「こうなってしまった」の方が楽だ。

5月23日

午前6時30分

今日の目覚めは、昨日ほど勇ましくはない。

昨日の診察で、山田先生は、「良い時と悪い時との差が大きいうちは、まだ病気だ」というようなことをおっしゃったと思う。妻は、その意味で、だんだんよくなりつつあると励ましてくれた。

最近の症状の傾向を天気で表現するならば、「快晴　後　大雨（時には、暴風雨）」である。今日は、「曇り　後　大雨」という1日になりそうだ。大雨が、暴風雨にだけはなってほしくないと願っている。

午後5時30分

症状は、朝とほとんど変わりがない。何となく充実しない曇りの状態がずっと続いている。

午前中は、これまでぼちぼちと取り組んできたことを文献として整理していた。題名を「コンピュータ活用によるつまずき対策の1試案」と決め、A4版用紙6枚程度にまとめることができた。しかし、これを発表することはない。何か無駄なことをしたような気がした。

昨日、床の間に飾ってあった父母、義兄、伯父の4枚の写真を別の部屋に移した。僧籍のあった父は、生前中、仏壇とその横の写真（もちろん父の写真はなかったが）に向かって、毎日小1時間ほど読経していた。写真を移動させた後、何かよくないことをしたような気がした。ある新聞に「玄関、神仏の間、客間、床の間は晴れの間である」という記事が載っていた。詳しい意味は分からない。妻とふたりで、「悪いことではなく、かえって良いことをしたのだ」と慰め合った。仏様や神様は罰を与えない。罰を与えるような仏様や神様だったら、はじめから無縁でいればよい。

今日の午後、弟が見舞いがてらに我が家を訪れた。弟は僧侶である。しばらく自分にお説教をした。それほどありがたくも効果もなかった。そのうち、気分転換のために外出することになった。医者以外のところへ出かけるのは、病気になって以来はじめてである。「病気で休んでいる人は、家でじっとしていなさい」毎日、まるで自宅謹慎を命じられた受刑者のような気持ちで、家にこもっていた。あまり気乗りはしなかったが、出かけることにした。行き先は、足羽山である。足羽山には、公園や小動物園、あるいは植物園などがあり、山全体が市民の憩いの場になっている。外へ出ただけで何となく気持ちがよかった。自動車での登り口はいくつかある。西墓地の登り口から登ることにした。途中、祖母のお墓にお参りしようということになった。祖母というのは父の母親である。実は、父の母親は2人いた。いわゆる生みの親と育ての親である。父が幼少の頃、生みの親は離婚して、他家へ嫁いだ。父は非常に悲しい思いをしたらしい。育ての親のお墓には、毎年お参りしている。生みの親のお墓は、1度だけお参りしたことがある。父に頼まれて、自動車で連れてきたときのことである。場所は、はっきりとは覚えていなかった。弟も、1度だけであった。たぶんわからないだろうと思いながら、しばらく探した。嫁ぎ先の名字はなんとなく覚えていた。そのうち、それらしいお墓が見つかった。確信はなかったが、とりあえずお参りだけすませた。弟は、お墓に掘ってある法名や命日を記録した。茶屋でそばや田楽を食べて、家に戻った。

家には、父の残した過去帳がある。法名や命日を調べた結果、やはり祖母のお墓であった。今日の外出は、父の生みの親の墓参りに行ったようなものである。

5月24日

午前10時23分

今朝も昨日とほとんど変わりがない。

先ほど、妻が診断書をもって上司の家に出かけた。妻は運転免許をもっているが、運転に自信がないので、姉の自動車で行った。思えば、いろいろな人に迷惑をかけている。

はじめは、診断書といっしょに、昨日まとめた資料を届けてもらうはずであった。2人が出かけてしばらくすると、何かしら悪あがきのように思えてきた。姉は携帯電話をもっている。すぐさま妻に、資料を渡さないように連絡した。

研究発表は3人で行う予定であった。自分が脱落したので、残りの2人で発表するようになったということは聞いている。最初は少しでも役に立てばと思った。しばらくすると、悪あがきのように思えた。実に考えが不安定である。この辺が病気なのであろう。

午後5時03分

今日は、生産性の低い1日であった。午後は、ほとんど仕事部屋のソファーで横になっていた。うとうとはするが、眠ることはない。妻が心配そうにたびたびのぞきにくる。甘くした牛乳に浸したイチゴの差し入れもあった。それほど食欲はなかったが、ありがたく頂いた。

米の生産、自動車の生産。文化的なものを含めたその他諸々の生産。生産に携わる人々は、世の中になんらかの形で貢献している。自分は、ただ横になっているだけである。全く生産性が低い。横になっているよりはと思って椅子に腰掛けた。見た目が違うだけで、中身は変わらない。

従妹が忌明けの品物を届けに訪れた。本来ならば、自分が出てお礼を言うはずである。妻との会話は聞こえるが、出る気にはならなかった。申し訳なかった。従妹の元気はつらつとした声を聞いてうらやましくも思った。

ぼんやりと過ぎ去った1日であった。

5月25日
午前6時35分

休み始めてから、もう2週間になる。長いこと休んでいると、今日が何日か、すぐには分からない。
今朝、妻と一悶着あった。自分が仕事に行くと言い出したからである。
休んでいると、いろいろな人の顔がうかんでくる。
今朝想像したことは、こんな風であった。

自分が職場で所定の位置に座っている。
他の職員が驚いたように、「あっ。来ている」と言う。
そして、「もう大丈夫なのですか」と尋ねる。
自分は、こう答える。
「大丈夫というわけではないが、体をだましだましなら、なんとかできると思ってね」
他の職員が「あまり無理しないで」と言うと、
自分は、
「ああ、そのつもりだ」と答える。

まあ、こんな風だ。

今は、休んでいるから苦しむのだという考えになっている。仕事に行けば楽になるような気がする。

相当長い間議論したが、結局、行かないことになった。

昨日診断書をお渡ししたばかりである。治っているようで治っていないということで落ち着いた。

月曜日は、プラスチック類のごみを出す日である。自分が持っていった。誰かに会うといやだなと思っていたが、犬の散歩をしている人に2回出会った。別にどうということはなかった。

戻って、食事をしながら妻と話をした。自分の気持ちは不安定である。だから、話の内容も不安定だ。妻もどんなにか迷うことだろう。

父が入院しているとき、目と耳だけが正常だろうと思われる重症の患者がいた。Aさんとしよう。山田先生の言葉を思い出して、妻に伝えた。

「山田先生がおっしゃったように、自分はAさんと同じような状態なのだ。Aさんが話をしていると思って聞いてほしい」

妻は、健康である。妻と、病気の自分とでは、妻の考えが正しいのに決まっている。そのことも伝えると、妻は、「そうする」と言った。

これから、何度もこのような会話が繰り返されるのであろう。

天気で言うならば、「快晴」でのスタートである。

高気圧が接近するのであろうか。低気圧が接近するのであろうか。

午後2時10分

やはり、治っていない。今は、それほど低調ではないが、治ってはいない。

簡単な学習ソフト作りに取り組んでいる。

午後5時20分

娘が、友達とコンサートに出かけた。

何か作業をしている時はさほどでもないが、ぼんやりしていると、つい、いろいろなことを考えてしまう。マイナス思考ばかりである。いろいろな人たちとの関わりが思い出される。自分はいくつもの大事な仕事を放棄して、こうして座っている。耐え難い精神的苦痛に襲われる。2ヶ月後の自分の姿。半年後の自分の姿。年度末の自分の姿。休んでいる期間をいろいろ考えて、想像してみる。どれも悲観的である。元の仕事を続けるわけにはいかない。新しい仕事といっても自信がない。ないないづくしで、とても苦しい。

5月26日
午前7時30分

今朝も、妻と一悶着あった。原因は昨日と同じである。

今日は、行かなければならないと思った。

最近は寝るのが早いので、起きる時間も早い。4時ぐらいに目が覚めた。妻は昨夜からの仕事を続けている。しばらくじっとしていることにした。妻がうたた寝を始めたので仕事部屋にそっと移動した。

今日は本当に行く気であった。研究発表用のフロッピーで動作確認をした。うまく動いた。テーブルに置きっぱなしだった仕事用のノートパソコンをケースにおさめた。別のかばんは、前から準備ができている。

時間がきたら、上司に次のような電話をする予定であった。

「100分の1ぐらいの仕事しかできないが、それでよければ今日から出勤します」

「休んでいるのがとても苦しいのです。病院に通うような軽い気持ちで出勤します」

「自分の席に座っているだけかもしれませんが、出勤させてください」

「対外的なことは、ちょっと無理かもしれませんが、学校の中だけの仕事は十分できます」

今なら、まだ間に合うような気がした。これ以上休むと本当にだめになるような気がした。明日は、指導主事の訪問日だ。司会ぐらいはなんとかこなせるだろう。また、明日の夜は、南部ブロックの懇親会がある。休む前に、料理屋への予約は自分が入れた。完全参加は無理かもしれないが、「いろいろご迷惑をおかけしています」と、挨拶ぐらいはできそうだ。

6時ちょっと過ぎには、妻も目を覚ましていた。

昨日と全く同じような状況になった。

「目と耳だけが正常だろうと思われる重症患者のAさんだと思え」という昨日の自分の言葉が効いているのか、妻は、はじめから「それはだめだ」と言った。

しばらく会話というより口論が続いた。妻がいろいろとお説教をする。

「頭の上でクエスチョンマークが点滅しているよ」と自分が言うと、

「何も聞いていないの⁉」と、妻が怒ったように言った。

「右の耳から入ったやつは左の耳から、左の耳から入ったやつは右の耳から筒抜けだ。おまけに、鼻の穴から、穴という穴から筒抜けだ」と言い返した。

妻はあきれ果てて笑った。

結局、行かないことになった。

苦しみの対象がいろいろ変わる。休んだことで今日も苦しみそうだ。

「何も考えないで、楽に休んでいなさい」と言って、妻は仕事に出かけた。

楽に休んでいられるなら、それこそ病気ではないのにと思った。

午後4時20分

今、娘が大学のゼミに出かけた。玄関の鍵。留守電。娘は、このような自分をどう思っているのだろう。情けなくなる。

ここ最近、このような時刻には必ず落ち込んでいる。やはり仕事に行ける状態ではないのだ。

朝の自分は何だったのか。幻覚症状かもしれない。薬物による幻覚症状かもしれない。

薬物によって、全く異なる人間になる。恐ろしいことだ。朝の自分は、健康を取り戻した自分か。それとも、それ以上に躁的《そうてき》な自分なのか。全く分からない。

午後7時34分

6時頃だろうか。玄関のチャイムがなった。出るつもりはなかったのだが、なんとなく出てしまった。鍵を開けると、若い男性が1人いた。職場関係の人ならばと思って出たのだが、牛乳宅配センターの人だった。ご挨拶にと言って見本の牛乳を3本ほど置いていった。6月2日にビンを取りに来るという。いないかもしれないと答えたら、いつでもいいと言った。

何か頭がぼんやりする。心配になった。職場に復帰できるかできないかの次元ではない。今の状況が夢かまぼろしかという次元である。とにかく、おかしな状況にある。

文を書いたり簡易ソフトを開発したりしていると余計なことを考えなくてすむ。しかし、これらは、一種の逃避であろう。

口の中が渇いてくる。小便も出が悪い。山田先生がおっしゃったように、薬の副作用だろう。けじめのつかない、宙ぶらりんな日がまだまだ続くと思うと、嫌になる。

5月27日
午前7時13分

今朝も、気持ちよく目覚めることができた。

今日は、妻との一悶着はなかった。昨日は幻覚症状かと思ったが、今はそうは思わない。さわやかな気分である。これも、きっと薬のせいであるとは思うが。

妻と久しぶりに朝の散歩をした。約30分ほどである。姉の店（喫茶店）が移転することになっている。その予定地あたりをぐるりとまわってきた。新しい写真屋さんができていた。新しい焼き肉屋さんもできていた。ずいぶん前からできているのであろうが、気づかなかった。

戻って、T先生に電話をした。ここしばらく、自分から他の人に電話をしたことがない。よほど気分が良かったのであろう。今日は、夜に懇親会がある。それについての話である。すでに参加者数は確認済みのようであった。安心した。病状について尋ねられたので、時々めまいがすること、なんとなく左手などがしびれたようになることなどを伝えた。「みんな心配している」と言ってくれた。本当にありがたい。感謝の気持ちでいっぱいである。「感謝の気持ち」というのはプラス思考だということが、今分かった。疑うから苦しくなる。人の悪い面を想像するから苦しくなる。これらはマイナス思考だ。

このさわやかな気持ちがずっと続けばいいのにと思った。

午前8時50分

この時刻で、すでに、気分が下降気味であることが意識される。今日は、指導主事訪問日である。電話で、上司に迷惑をかけることをお詫びするつもりであった。しかし、受話器をとるのに迷いがある。妻と相談した結果、がんばって電話することに決まった。自分の休みが8月24日までであることが分かった。上司はゆっくり静養するようにと、また、しばらくでも気分の良いときがあるのが分かってうれしいと励ましてくれた。本当に涙がでるほどうれしい。ありがたい。

妻は、自分が玄関の鍵を開けて散歩に出かけたので驚いたと言った。心配になってついてきたという。

今は、とにかく妻の判断に任せるのがいちばん良いことだと思っている。

＊

2、3日前に考えた物語

「千年一人」


これは、そば屋のおばあさんから聞いた話である。

ある夫婦の物語。

タツオとマサエ。

タツオとマサエは、小さな小料理屋の1室でお見合いをした。自転車屋のおじさんがタツオの付き添い。八百屋のおばさんがマサエの付き添い。はじめは付き添いの2人だけがしゃべっていた。当の2人はときどき視線を合わせるだけで、何の会話もなかった。

そのうち、付き添いの2人は出ていった。

タツオは乗り気であったが、マサエはそれほどでもなかった。とぎれがちな会話の中でタツオはこんなことを話した。

「僕は子どもの頃、占い師から千年に一人の人間になると言われたことがある」

マサエはそれを聞いて結婚を決めた。

2人は元来が温和で、欲がない。仲むつまじく、平凡な暮らしを営んでいた。

タツオは決まった時間に会社に出かけて、決まった時間に帰ってくる。マサエは、タツオが帰ってくるまでせっせと家の仕事に励んでいる。全く平凡な夫婦であった。

マサエは、ときどき「今に」と思うことがあった。

そのうち、子どもも2人できた。相変わらず、平凡な日々であった。

結婚してから10年ほどが過ぎた頃、タツオの会社が倒産した。タツオの会社は比較的大手で、安定していた。それが、いきなり倒産した。

タツオは、職探しで忙しかった。マサエは、近くの工場に働きに出た。

マサエは「これはきっと」と思った。心配するどころか、かえって生き生きとしていた。

タツオの会社が倒産して半年ほどの後、一家はそば屋に住み込みで働くことになった。「満月」というそば屋である。実は、マサエの遠い親戚である。そば屋の老夫婦には子どもがいなかった。おまけに、病弱であった。最後まで2人の面倒をみるという約束で、そうなった。

マサエは器用だから、すぐに仕事を覚えた。タツオは、ほとんど出前が専門であった。仕事や住まいは変わったが、それでも平凡な毎日に変わりはなかった。

味が評判になり、客も増えた。タツオは目がまわるほど忙しくなった。マサエは、出前に出かけるタツオの後ろ姿を見ながら、ときどき「今に」と思った。

タツオとマサエの子どもは、一男一女であった。

長女が嫁に行った。お得意先に小さな工場があった。そこの社長の息子が、嫁にほしいと頼みにきた。長女もそれでいいというので、簡単に決まった。

長男も独立した。

そば屋「満月」には、タツオとマサエ、それに老夫婦の4人が残された。


長い長い平凡な何年かが過ぎ去った。

長女や長男が、いわゆる孫といっしょに、ときどきやって来る。孫と言ってももうすぐ大人である。

私が話を聞いたそば屋のおばあさんというのは、実はマサエである。そのときは、長女が、結婚間近の孫、タツオとマサエの孫を連れてきていた。

私は、マサエに尋ねた。

「今でも、千年に一人の人間になると信じているのですか」

マサエは、「もう、そんなこと信じていませんよ」と、笑いながら言った。

そして、タツオと結婚したことや、これまでの人生を振り返ると、とても幸せだったといった。

そば屋「満月」は、以前ほどではないが、それでも食べていけるだけの客はあった。

病弱だった老夫婦も驚くほど長生きして、4人が幸せに平凡な毎日を暮らしている。

これで、この物語は終わりだ。物語には、病気である自分の考えがある程度、反映されていると思う。

午後4時17分

簡易ソフト作りに励んでいる。熱中していると、他のことを考えない。知らぬ間に時間が経過していく。

気分は、8時50分頃とあまり変わりがない。

5月28日
午前7時30分

今朝の目覚めは、昨日ほどさわやかではない。散歩にも行かなかった。これは、起きた時刻のせいもある。4時頃に、1度、目が覚めた。これは、早すぎる。次に目が覚めたのは、6時15分。妻の仕事に行く時刻を考えると、間に合わない。

だから、散歩はやめにした。

昨日の夕食後（午後7時30分頃）から、全身にけだるさを感じている。

昨日の夕食のおかずは、自分が作った天ぷらである。若い頃、3年間、自炊生活をしたことがある。だから、一通りの料理はできる。家族に心配をかけているお詫びの意味もあって、自分が作っておいた。

そのように、夕食前はまあまあ元気であった。それが、夕食後からなんとなくけだるいのである。

昨日の1日を振り返ってみると、気分にそれほど大きな起伏はなく、おだやかであった。山田先生は、薬が効き始めるまでに2週間ほどかかるだろうとおっしゃっていた。もう2週間以上になる。おだやかであったのは、きっと薬が効き始めたからであろう。苦しい気持ちにはならなかった。

今朝も昨日の夜とほとんど同じ状態なのである。感情が平坦で、全身になんとなくけだるさを感じている。苦しみもないが、きっと、喜びやうれしさもないのであろう。喜怒哀楽に関する感覚が少し麻痺しているような気がする。薬が、脳の感情をつかさどる部分の働きを弱めているのかもしれない。けだるさも薬の副作用なのだろうか。

お昼の12時47分

妻は職場へ、娘は学校へ行った。

だから、1人で昼食をとった。

休み始めてから、1人で昼食をとったことがあったかどうか、はっきり覚えていない。

いつも、誰かいっしょにいたように思う。

1人だと、何か寂しい。

父のことを思いだした。

母は、平成2年の5月に亡くなった。それ以来、7年間、父は、1人で昼食をとっていたのだなぁ。

自分たちは、職場や学校に行く。家には、父1人が残される。寂しい思いをしたことがあるかもしれない。

しかし、父は、まだ、良い方だろう。朝と夜は、みんなといっしょに食事ができる。

世間には、1人暮らしのお年寄りがたくさんいる。彼らは、年がら年中、1人なのだ。

ふだんはあまり気づかないが、実際、1人になってみると気がつく。

ボランティアの人たちが、1人暮らしのお年寄りの家を訪ねてお手伝いをしたり励ましたりしたというニュースを見たことがあるが、本当によいことだ。

「その人の立場になって考える」ことの大切さを感じた。

5月29日
午前9時55分
昨夜、夜中の1時頃に一騒動あった。

ここ何日か、ひどいだるさを感じていた。就寝前に、1錠半の薬を飲むことになっている。しかし、昨晩は、飲むと一層だるさが増すのではないかと思って飲まなかった。

夜中に夢を見た。

簡単に言うと、知人Aが、バールをもって（Aの）家を破壊している。それを自分が偶然見てしまった。すると、Aはいきなり自分を襲ってきた。「ウワー」自分は、叫び声をあげて目覚めた。その叫び声は、実際に、自分の口から出ていたらしく、横で寝ていた妻が、「どうしたの⁉」と驚いて、自分をゆさぶった。

ここまでなら、これまでにも何回かあったことである。

昨晩は、目覚めた後、一瞬、ある種の恐怖感に襲われた。霊界的な恐怖心である。妻に「電気をつけて」と頼んだ。明るくなって、しばらくは安心していた。しかし、そのうちに妻が妖怪に変身して自分に襲いかかるような気がしてきたのである。その恐怖心は、ますます増大してきた。「体が震えているみたい」と言って、妻が寄ってきた。自分の恐怖心は最高潮に達して、パニック状態になった。全身に鳥肌が立ち、奇声をあげた。娘も2階から降りてきた。パニック状態は、しばらく続いた。気が変になりそうだったので、病院に電話をするように妻に頼んだ。妻も、自分の異常性を見て、すぐに電話をした。「明日にしてください」ということであった。間をおいて、何度か強い恐怖心に襲われる。その度に、妻は背中や腕をさすってくれた。就寝前の薬は睡眠薬であろう。飲んだ方がいいということで、早速、飲んだ。しばらくして眠りについた。

今朝の診察で、山田先生に全身のだるさや昨晩のことを伝えた。だるさは、しばらく続くだろうということであった。何もしない状態で休養することが大事であって、普通なら入院して治療しなければならないということもおっしゃった。

そして、不安感に襲われたときの飲み薬を追加することになった。

薬の袋には、「発作時」と書いてあった。帰りの車の中で、妻と2人で、思わず笑ってしまった。

山田先生の「1錠も飲まないですんだらいいのにね」という言葉を思い出した。

当然、自分もそう思っている。

5月30日
午前9時47分

昨夜も一騒動あった。いろいろな人を巻き込んでの騒動である。

夕方、昨日味わった霊界的恐怖感がよみがえってきたのである。夕食前、午後7時頃だったと思う。父が亡くなってからは、自分が仏飯をお供えしている。仏壇にお供えして仏間から出ようとしたとき、全身が寒くなった。「ジーン！」と体中に鳥肌が立った。妻と娘に状況を説明した。妻は、山田先生にお尋ねしてみると言って病院に電話した。しかし、先生は帰宅された後であった。

父の生前中は、父が、毎日、長い時間をかけてお参りしていた。父の死後、合掌することはあっても、お経を読んでお参りすることはない。仏様に対して何か申し訳ないと時々思ってはいた。

「霊的なものを感ずる」と言うと、娘が「こういうときは龍順さんの出番だ」と言った。龍順というのは自分の弟で、僧侶である。妻がすぐに連絡をとった。弟は、家族といっしょに、近くの量販店に来ていた。弟だけがタクシーでとんできた。普段着のまま、2、3品、お経をあげてくれた。何か、助かったという気になるから不思議である。

弟は、「こんなことならお安いご用。来週の月曜日も来る」と言ってくれた。その後、娘の車でみんないっしょに弟を量販店に送っていった。駐車場で、弟の家族が待っていた。

夜は心配だからといって、姉も泊まりに来た。自分は何度か仏間に入ってみたが、先ほどのような恐怖感はなかった。しかし、父たちの写真が飾ってある仕事部屋へは入る気がしなかった。

何事もなく朝を迎えることができた。マイナス思考には、いろいろな種類があるのだとつくづく思った。

さて、今朝の話だが、また仕事に出かけそうになった。妻の返事は、何のためらいもなく「だめ」である。姉が話し相手になってくれた。姉は喫茶店を経営している。「悩みがあるのは、どんな仕事も同じだ」と言った。自分の血液型は、A型である。姉は、O型だ。「O型でも悩むことがあるのか」と尋ねたら、しかられた。自分には、特別な仕事上の悩みは思いあたらないし、病気のような気もしない。妻は、危機一髪のところで休みをもらえたのだという意味の話をして慰めてくれた。

姉や妻が仕事に出かけた後、ストーブなどの冬物を小屋にしまった。

5月31日
午前8時55分
近頃は、前の日の出来事を次の日に書くようになっている。夜は何となく倦怠感を覚えて書く気がしないのである。

昨日の午後3時頃、同級生が見舞いに来てくれた。彼は、我々の会の役員をしているので、状況をいろいろ説明してくれた。健康についての話もいろいろしてくれた。とてもありがたかった。

昨日の夜、また、霊界的恐怖感に襲われるのか、とても心配であった。若干の恐怖心はあったが、それほど心配するほどのものではなかった。狂犬病にかかると、狂水病といわれるように水を怖がるという。自分の場合も、水ではないが、何か特定のものに対する恐怖感に襲われるみたいに思われる。何となく「暗い」ことに恐ろしさを感じる。以前は、部屋に入られないほど怖がることはなかった。

さて、今朝の話である。

5月8日以来、はじめて自動車の運転をしてみた。自分が通っている病院まで、短い距離だが、安全に運転できた。

戻って、自分が服用している薬について、妻といっしょに調べることにした。インターネットと薬の本で調べてみた。

現在、毎食後は2錠と胃の粉薬を、就寝前には1錠と半錠を服用している。

食後の薬は、ベンゾジアゼピン系の安定剤で、精神安定化作用や緊張感を和らげたり自律神経を安定させたりする作用があるという。

就寝前の1錠も全く同じ働きをする薬だ。

就寝前の半錠はベンゾジアゼピン系の催眠剤で、主に不眠症の治療に使われるという。

副作用については、いくつか思いあたるものがあったが、いずれにしても、ずいぶん以前から使用されている薬らしいので、安心した。

注意事項の1つに「眠けや注意力等の低下がおこりやすいので、自動車運転など、危険を伴う作業には従事しないように」というのがあった。今朝の運転が無事に終わって本当に良かったと思う。やはり、運転はしない方がいいのだ。

午後7時32分

夕方、自分が、あるOB会の当番であることを思い出した。毎年、8月の上旬に開かれる会である。今の状態では、役目を果たすことができない。早速、関係する人たちと電話で相談した。その結果、A氏が引継ぎだけはすませておくという条件で、替わりを引き受けてくれた。その後、もう1人の当番であるBさんに電話をしたら、夜の9時以降でないと戻ってこないということであった。引継ぎだけはすませておくということは、自分が去年の当番の家へ行って関係書類をもらい、それをBさんの家へ持っていくという仕事をしなければならないということである。健康なときであったら、いたって簡単なことだろう。しかし、病気で休んでいる今はそれがたいそう重荷に感じる。とりあえず、妻か娘の車で去年の当番の家へ行って書類だけ預かることにした。妻と娘に頼んだら、暗くなると危険なので、翌日にしたらどうかという。これは困ったなと思っていたら、偶然、さらにもう1人の当番であるSさんからの電話が入った。今の自分の状況を説明したら、全部してあげるからゆっくり休んでくださいということであった。本当にありがたかった。

単なる偶然であろうが、あらためて不思議な力の存在を感じた。妻にそのことを言うと、「守られているのだから、ゆっくり休みなさい」と言った。確かに守られているのだと思った。

気分は、ほぼ安定している。

6月

6月1日
午前11時23分

昨晩は、10時半頃に寝たが、夜中の12時頃と2時頃に目が覚めた。また、霊界的恐怖感に襲われるのかと心配したが、それはなかった。

今日から6月になった。5月10日から休み始めたので、ちょうど3週間になる。

自分が服用している薬の説明に、次のようなことが書いてあった。

「薬を処方されると、自分は病気でないと考え、服用しない人がある。自分で勝手に判断して服用をやめてはいけない」

今の自分は、まさにそれである。全く病気のような気がしない。こんなことをしていていいのだろうか。自分だけ取り残されてしまうのではないか。焦りを感じる。

自分は今、病休扱いになっている。替わりの人は派遣されているのだろうか。それとも、本来は自分がしなければならない仕事を職員で手分けして進めているのだろうか。たぶん後者であろう。診断書に2ヶ月と書いてあったという。少なくともその間はいろいろな人に迷惑をかけることになる。それがつらい。退職できれば、ずいぶんと気持ちが楽になるであろうに。

健康な人でも、このくらいのマイナス思考は普通であると思う。自分が単なる怠け者に思えてつらくなる。

朝から、庭木の剪定を頼んだお年寄りが3人来ている。みんな元気に働いている。本当にうらやましく思う。

午後7時14分

今の気分は、ゆううつである。苦しくはないが、ゆううつである。つい、先のことを考えてしまう。職場復帰は、そう簡単なものではない。自分がいろいろな面でかなり耐え忍ばなければならないように思われる。迷惑をかけた反動が、一気に押し寄せて来そうな感じがする。なんとなく、ゆううつになる。

自分には、新たにやってみたいことがある。収入の面、将来の生活の安定という面から考えると、無謀であろう。また、健康な状態での考えではないから、周りも賛成してくれない。自分でさえ、それが本心かどうか分からない。

6月2日　午前8時2分

今朝の目覚めは、そうさわやかではない。何となく眠気が残っている。最近、食事中に食べた物がすんなりと胃袋に行かないときがある。今朝もそうであった。食道の働きが不十分なためなのか。それとも、胃袋からの空気が食べた物を押し上げているからなのか。自分には分からない。相当苦しいときがある。ひどいときには、食べた物をむりやり吐き出すこともある。今朝は軽くてすんだ。

昨晩、僧侶の弟がやってきた。お経をあげ、加持祈祷をしてくれた。いわゆる「お加持」というのは、ある言葉を唱えながら、まず火打ち石で火花を出す。次に木剣を打ち鳴らし、最後にお経の巻物で体をさするというものである。科学の発達した現代においては、無意味なように思われる。しかし、病気の自分には効果があったように思われる。「病は気から」と、よく言われる。エネルギーが欠乏している自分の「気」を、ある程度充実させてくれた。

6月3日

午前5時10分

今朝は、イグアナに飛びかかられた夢で目が覚めた。4時半頃である。ちょっと叫び声をあげたらしい。イグアナの登場は、昨日のテレビでそれを見たからであろう。その後、以前のようなパニックにはならなかった。朝になっていたし、部屋が明るかったためかもしれない。そういえば、最近、部屋に電気をつけたまま寝ている。妻の配慮だ。

昨日は、生産性の低い1日であった。

文を書く気にもならなかったし、簡易ソフトを作ってもうまくいかなかった。ただ、休んでいることに惨めさを感じているだけだった。

昼は毎日テレビでよく似た番組が流れている。今日も休んでいるのだなと思うと惨めになる。

午前6時8分

ちょうど今、朝の散歩から帰って来たところである。

たばこを買いに行くついでに散歩をすることになった。妻も同伴した。20分くらいの短い散歩だが、なんとなく気持ちが良い。小雨混じりで、絶好の散歩日和ではなかったが、それでもさわやかな気分になれる。

さて、再び昨日のことだが、ゆううつな日であった。

妻は朝早く出勤した。娘は昼過ぎに学校へ行った。姉はほとんど毎日顔をみせて、ちょっと昼寝をしてから店へもどる。自分1人だけが残された。

1人でいると、ろくなことを考えない。

いろいろな人に迷惑をかけていることで、あらためて苦しくなる。もう職場へは戻れない。妻や娘に申し訳ない。両親も生きていたら、さぞかし情けなく思うだろう。すべて自分を責めさいなむマイナス思考である。

妻から仕事で遅くなる旨の電話があった。せめてもと思い、がんばって夕食のカレーライスを作った。味は好評だった。

今朝は散歩に行くくらいだから、調子が良い方だ。このような気分の時には、なんら支障なく現場復帰ができそうに思えるのである。「おんぶしてもらう時にはせいいっぱいおんぶしてもらい、おんぶする番になったらせいいっぱいおんぶしてあげよう」というように考えるのである。

しかし、しばらくたって、現実にもどると、苦しい気持ちが活動し始めるのである。

午後6時35分

朝に予想したように、気分は下り坂であった。しかし、以前ほど極端ではない。ただ、何となく休んでいることに後ろめたさを感じている。だから、今は風呂に入って気持ちが良いはずなのだが、それほどではない。

「憩いの時間」や「安らぎの時間」というのは、汗して働いた人々にだけ存在するのだろう。力一杯働いた人ほど充実した「憩いの時間」や「安らぎの時間」を味わうことができる。自分のように、ただ、ぼんやりと日々を過ごしている者には、そのような時間はないのだ。

6月4日

午前8時40分

昨日、また、夜中に目が覚めた。1時ちょっと前であろう。やはり夢をみて目が覚めてしまったのである。何か恐ろしい夢であったように思うが、内容は全く覚えていない。しかし、発作が起きてしまった。以前ほど強烈なものではない。また、霊界的な恐怖心でもなかった。以前のような恐ろしい目にあうのではなかろうかという恐怖心である。2度ほど、そのような恐怖心に襲われた。妻も気づいて、「大丈夫、大丈夫」と励ましてくれた。結局、発作時の薬を飲むことにした。しばらくして寝てしまった。

朝は、5時頃に目が覚めた。妻は寝ている。自分も、また寝てしまった。

次に目覚めたのは8時頃である。妻も寝坊した。妻は朝の食事もしないで、仕事場へとんで行った。

とにかく、体がだるい。毎日、夕方になると倦怠感を覚える。今日は朝から体がだるい。プール等で長い間泳いだ後に陸に上がると、体が重く感じる。それをもっと強くしたような感じである。

6月5日

夜中の12時29分

今日も夢を見て目が覚めた。真夜中である。夢の中味をかいつまんで言おう。時代は江戸時代。自分はある高貴な方のお屋敷に住んでいる武士であった。夜中に高級自動車で（ここが夢である故のおもしろさなのだが）若君がお帰りになられた。自分は若君を、半ば背負って部屋に連れて行くことになった。途中、若君は何人かいる周りの武士から脇差しを抜き取って暴れ出した。自分に迫ってくる。だんだん切っ先が自分に近づいてくる。もう少しで切られるというときに目が覚めた。妻はとなりの部屋で仕事をしていた。娘は2階の自分の部屋で勉強をしていたが降りてきた。これまでのことがあるので2人とも心配そうであった。ところが、今は全く恐怖心がない。それどころか、むしろ何か起きたら、反撃しそうな気分である。妻と娘が、それぞれがんばっているので、おつきあいのつもりで日記を書いている。もうしばらくしたら寝よう。

しかし、就寝前にきちんと薬を飲んでいるのに、ここのところよく目が覚める。薬の効果が弱まっているのだろうか。

午前10時19分

今週は、自分の家が、町内のごみ当番である。火曜日と金曜日にごみの集積場所を掃除することになっている。火曜日は、娘と2人で行ったが、今日は自分1人で行った。途中で、町内の1人と会った。仕事に行っているはずの自分を見て不思議に思ったであろう。

手早くすませて家に戻った。何も悪いことをしていないのに、何か肩身が狭い。損な病気にかかったものだ。

6月6日
午前11時50分

朝の9時頃に病院へ行った。主治医の山田先生は休みであった。月曜日に訪れるということで、薬を3日分もらって帰った。

最近、気分は落ち着いている。本当に病気なのかと疑うこともある。しかし、職場のことを考えると、胃が絞られるようになる。社会人としての責任を果たしていないことがつらい。職場に復帰するということは、今、多大な迷惑をかけている人たちのところへ戻るということである。職務を遂行することには不安を感じないが、人々の視線が気になる。自分が、勝手に悪い方に想像するのかもしれない。このあたりが病気なのだろうか。病気が治ると、抵抗なく復帰できるようになるのだろうか。

6月7日

午後4時45分

朝の4時頃に、1度、目が覚めた。詳しくは覚えていないが、仕事に行く話をした。時間が早かったので、もう一眠りした。その後、寝たり起きたりの、非生産的な一日であった。将来、と言っても、ごく身近な将来の見通しが立たないので、何かしら、気持ちが不安定になる。また、沈みがちになる。

6月8日

午前9時55分

病院へ診察に行った。山田先生から「どうですか」と尋ねられた。この頃は、やや低調な状態ではあるが、気分は比較的安定している旨を伝えた。また、職場の人や家族に迷惑をかけていることを考えるとつらくなるということも話した。先生は、低調であっても安定していることはよいことだとおっしゃった。自分は病気ではないように思う時があると言ったら、「病気というより、いつもと違う状態にある」というようなことをおっしゃった。そして、今は十分に休むようにとのことであった。

いつもは、妻も同伴するのだが、今日は1人で行った。朝、薬を飲んだので、自動車は危ないと考え、自転車で行った。天気が良かったのでとても気持ちが良かった。

薬は、2週間分もらった。ということは、診察は、2週間に1回ということになる。うれしいような、ちょっと不安なような複雑な心境である。帰りに、受付の看護婦さんに、この薬を服用して運転をしてもよいかどうかを、先生に尋ねてもらった。運転してもよいという返事であった。

6月9日

午前6時2分

久しぶりに散歩に出た。今日は、燃えるゴミを出す日である。それも兼ねて、妻と散歩に出た。わずか20分ほどの散歩であるが、何となく気持ちが良い。コースは、だいたい、いつもと同じである。姉が新築する店の工事現場近くまで行き、ちょっとあたりを回って帰る。時間にして、約20分である。店は基礎工事中で、鉄筋が網の目のように張り巡らしてあった。

8時には妻は出勤し、娘もでかけてしまう。自分1人が残される。昨日は、惨めな気がした。娘は、昨日から出身校で教育実習をするようになった。その学校には、何人か知り合いがいる。自分のことを尋ねられたらどう答えるのであろう。そういうことを考えると、いっそう惨めな気がする。

今日は、朝から体がだるくて重い。それで、いいか悪いか分からないが、スタミナが回復する飲料水（飲料薬？）を飲んでしまった。

6月10日 午前9時27分

今朝は雨が降っていた。散歩には行かなかった。昨夜も、2回、目が覚めた。12時頃と朝の4時頃である。夜中に目が覚めると不安になる。以前の恐怖心がよみがえるみたいで不安なのである。なにごともなく眠ることができた。

昨日、体重を計ったら、87・5キロあった。休む前よりも、4キロ近く増えている。食べて寝るか座るかの毎日だからしかたがない。けだるさの一因かもしれないので、ペダルを踏む健康器具を使って運動をすることにした。午前10時頃と午後の3時頃の2回である。それぞれ20分ほど行う。三日坊主にならないようにがんばらなければならない。

今の気分は良い方である。

6月11日
午前8時17分

5月11日から仕事を休み始めたので、昨日で、ちょうど1ヶ月休んだことになる。考えてみると恐ろしいことだ。何か重大な悪事をはたらいたような気持ちになる。病気だから仕方がないのだが、一見、自分が病気らしくないのでそのような気持ちになってしまう。

娘は教育実習へ、妻は職場へそれぞれ出かけた。自分1人だけが残された。何か寂しい感じがする。また、自分が、役立たない、だらしのない人間のように思えて悲しい。病気だからと、自分で自分を慰める。

気分は、ここしばらく若干低調ではあるが、安定した状態が続いている。夜中に目が覚めるのも続いている。昨晩も4時前と5時少し過ぎの2回、目が覚めた。目が覚めてもすぐに眠れるから、そう心配はないと思う。体のけだるさも相変わらず続いている。太ったためか、薬の副作用のためかは分からない。特に、夜のけだるさはひどい。1度座ると、何かにすがらなければ立てないほど疲労感や体の重さを感じる。

午後7時01分

ペダル踏みを、午前と午後の2回、実行した。ようやく3日は続けることができた。運動量よりも食べる方が多いから、ますます太る気がする。

ここのところ、日記の文字数が少ない。気分が低調ながらも安定してきたので、書くことがないのかもしれない。

6月12日

午前10時07分

久しぶりに床屋に行った。自動車も1人で運転した。

以前から、髪が相当伸びたので床屋に行こうと思っていた。しかし、なんとなく行きづらかった。今日は、何となく行ってしまった。自転車で行こうかと思ったが、平日にうろちょろしているのを見られるのが嫌だったので、自動車にした。危険かなとも思ったが、いわば、「山田先生のお許し」もあるので、思い切って自動車で行くことにした。途中、今までの何倍もの注意をはらってでかけた。

行きつけの床屋さんは、平日なのに珍しいと思ったかもしれない。しかし、自分は、それほど気にならなかった。

さっぱりして家に戻り、約15分間ほどペダル踏みをした。20分だとかなり汗をかくが、15分では、少し汗ばむ程度である。あまり無理をしてもいけないので、15分間にした。

自分から屋外に出たということは、健康の状態が良くなっているためであろうか。

6月13日

午後6時12分

最近は、5時ちょっと過ぎに起床、夜の10時半頃に就寝という生活パターンになっている。今日も5時頃に目が覚めた。散歩には行かなかった。

午前に1時間ほどと、午後に1時間ほどうたた寝をした。とにかく、体が重い。疲労感がはげしい。ペダル踏みも、午前中の15分だけで、午後は疲れてできなかった。気分にむらはないが、意欲もわかない。ただ、ぼんやりと1日が終わってしまう。

6月14日
昼12時03分

今日は日曜日である。日曜日になると、いっそうゆううつになる。日々の労働があってこそ休息日の値打ちがある。自分のように、労働がないものにとっては、充実しない日々のむなしさをあらためて認識させられる日になってしまう。午前中、ペダル踏みもしなかった。ソファーに横になって、サッカーのテレビ放送を見ていた。感情に起伏がないせいかあまりおもしろくなかった。テレビ放送だけでなく、何をしてもおもしろいということがない。

もうすぐ昼食になる。娘が実習に通うようになってからは、1人でさびしく昼食をとっていたが、今日はみんなで食べることができる。なんとなく、うれしいというよりも安心感がある。

自分の将来について、ぼんやりとした不安感がある。職場に復帰できるという確信はない。今の仕事を辞めて新しいことを始めても、それをやり遂げる自信がない。なるようにしかならないと口では言っても、心の底からは納得できない。

薬のおかげで、極端に落ち込むことはない。しかし、口の渇き、ひどい倦怠感、あるいは、小便の出が悪くなるなどの副作用が、日々だんだん強くなっていくようだ。最近、時々薬の量を半分にすることがある。しかし、長い間同じ薬を服用しているせいか、副作用みたいな症状が軽くなることはない。極端に落ち込むことがこわくて、再び定量を服用することになる。

このような、何をしてもおもしろくないというか、希望をもてないという状態が改善されるのであろうか。

6月15日
午前8時20分

今日は月曜日。また、わけのわからない1週間が始まる。妻は職場へ、娘は実習へとそれぞれ出発した。自分が健康な頃は、7時頃に一番早く出勤していた。今は、毎日毎日みんなを見送るようになっている。これだけでも異常である。

昨晩、発作時の薬を飲んだ。これで2粒目になる。

テレビでワールドカップの中継を見ていた。日本がはじめて出場するのでやや興奮していた。これがいけなかったのだろう。就寝前の薬を飲んで床についたのは午後の11時45分を過ぎていた。就寝前の薬の1つは、睡眠を助ける薬である。いつもは飲んでから30分もしないうちに眠りに入っていた。ところが、昨晩はいっこうに眠ることができない。そうこうしているうちに、徐々に気分がおかしくなってきた。ふたたび、霊界的な恐怖心に襲われそうになった。妻に連絡して、不安を和らげる、発作時の薬を飲むことにした。すぐに眠れるかと思ったら、相変わらず眠ることができない。小指の第一関節に湿布薬を貼ってみた。そこは、精神を安定させる「つぼ」だということを誰かに聞いたことがあるからである。眠くなるのを待つしかないと思って、ひと汗かき、しばらく背筋を伸ばして座っていた。そのうちに、不安どころか逆に気分がさわやかになってきた。発作時の薬のせいか、湿布薬のせいか、あるいは汗をかいたことの効果なのかは分からない。とにかく、気分がさわやかになった。病気が治るとこのような気分になるのだと思った。妻にそのことを言うと喜んでくれた。そして2人で、休むことに罪悪感みたいなものを感じているうちは病気が治っていないのだというような話をしていた。そのさわやかな気分というのは、本来の普通の気分である。これが「普通の自分」ではないかという実感である。妻に「今なら、自動車を運転しても危なくない」という話をした。そして、「このような気分がずっと続いてほしいが、明日の朝になるとどうなっているか分からない」という話もした。

夜中であったが、しばらくテレビを見ていた。眠くなったので床についたら知らぬ間に寝ていた。
今朝は5時頃に目覚めた。もう一眠りしたら、起きたのが7時半頃であった。妻も娘も出発の準備を終えていた。
朝の気分は、昨日の夜に実感したものとは少し違うような気がする。それほど落ち込んでもいないが、やはり健康な状態ではないようだ。

6月16日
午後4時39分
今日も非生産的な1日であった。

午後5時
日記を書こうとしたら、友人から電話が入った。我々の会の会長さんと2人でこちらにくるということであった。部屋をかたづけて待っていたら、しばらくしてお見えになった。部屋にはあがらず、玄関先で少しばかり話をして帰られた。会や知り合いの方からお見舞いをいただいた。こちらが迷惑をかけているのに、本当に申し訳ないことである。友人は前に1度来ている。自分を気づかって、すぐ帰ったのだろう。2人に、自分の病気について、簡単に説明はしたが、あまり分からなかったであろう。自分の説明もあいまいであったし、自分のような病気にかかった例はほとんどないからである。

あらためて1日を振り返ると、本当に非生産的であった。何にも残らない。しなければならないことは何もないのだから仕方がない。休みはじめてから、文を書くことと簡易ソフトを作ることを主な日課としている。その2つについての成果がほとんどないということは、まさに非生産的であったということである。

人は何らかの役割を与えられ、その役割を果たすことで充実感を味わうことができる。いわゆる「生きがい」というものである。今の自分には何の役割もない。だから、何の充実感もない。文を書くことやソフトを作ることは、いわば時間つぶしであって、仕事ではない。むなしくなる。見舞いに来てくれた2人は、しっかり仕事をしている。うらやましい限りである。

6月17日

午後5時04分

昨日と同じで、今日も非生産的な1日であった。とにかく疲労感が激しくて何もする気がしない。午前も午後もソファーに横たわっていた。サッカーのテレビ放送を見てもそれほど興味がない。ただ、つけているだけである。

午後の5時少し前に、上司がお見舞いを届けに来られた。職場の同僚が心配しているとのことであった。ゆっくり休むようにとも言われた。考えてみると、休みはじめてから1ヶ月以上になるが、その間、1日も楽に休めた日はない。休んでいること自体が苦しいのだからどうにもならない。

6月18日

午後5時17分

ここのところ、なんとなく無気力な日々が続いている。今日は、簡易ソフト作りで若干の成果があった。しかし、充実感はまるでない。昨日はソファーに横たわっていた。今日は椅子に座っていた。それだけの違いで、ただぼんやりと1日を過ごしたことに変わりはない。コンピュータの前に座っているだけである。職場のこと、友人・知人のこと、あるいは病気が治った後のことなどが頭に浮かんできては消えていく。他人からは、寝ているようにしか見えないであろう。

昨夜、8時頃だろうか。15日の「治ったような状態」を、数十秒ほどの短い間だが、再び体験した。気のせいかもしれないが、そう感じたのは確かである。

今の時刻は、5時48分である。わずか8行の文章を書くのに30分もかかっている。集中できないからであろう。このように、コンピュータの画面を見ながらぼんやりしているのである。いつも使うコンピュータは2台ある。ひとつは仕事部屋に、もう一つは居間に置いてある。休むようになってから、1台を居間に置くようにした。仕事部屋に閉じこもっていると家族のふれあいがなくなるという妻の考えで、そうすることにした。誰もいないときは、主に仕事部屋のコンピュータを使う。家族が戻ってきたときには、居間のを使うようにしている。今は自分1人だが、居間のコンピュータを使っている。

今の時刻は、6時16分である。6行追加するのに、また30分ほどかかってしまった。

6月19日　午後4時30分

今日は雨模様である。

ここのところ、しばらく外に出ていない。家に閉じこもったままである。玄関先まで客人をお送りするのが精一杯である。弟にいわせれば「普通の者ならば、とても家でじっとしていられない」ということである。確かにそれはいえる。今の自分は、正常ではない。異常な毎日を送っているのである。ふと我に返ると、一体自分は何をしているのだと思うときがある。

自分の家では、夕方にご飯を炊くようになっている。電気釜のスイッチを入れ、炊きあがったら仏飯をお供えするのが日課になってしまった。日記を書いている途中に炊きあがりの音がした。ひととおり、お供えしてまた日記を書いている。

昼に牛乳パックを落として床が真っ白になった。後始末に一苦労した。手が震えたりよろめいたりすることがある。ろれつが回らないこともある。薬の副作用だと思われる。薬を飲みたくないが、飲まないと治らない。治ったらどうするのだろう。迷惑をかけまくっている職場等に戻るのは何かしらつらい。今の仕事を辞めて新しい仕事を始めてもうまくいく自信がない。こういうことを考えると落ち込んでしまうのである。だんだん惨めになってくる。妻や娘、職場の人たちに申し訳ない。自分は一家を支える大黒柱でなければならないのに、あるいは、職場で一定の役割を果たさなければならないのにと思うと、情けなく、惨めに思えてくるのである。休みはじめの頃は、それが頭をかかえるほど苦しかったのであるが、今は、気分がやや低調になるだけでそれほど苦しむことはない。薬の効果であろう。だから、薬をやめるわけにはいかない。

近頃は、自分が1人になっても、鍵をかけたり留守電にしたりはしない。鍵をかけても玄関のチャイムがなると出てしまうからである。今日も2組のお客が訪れた。1組は女性で、清掃用品のセールスに来た。偶然、同級生であったが、それほど長話はしなかった。もう一人は、自動車のセールスマンであった。対応に出ても、何か肩身がせまい。

6月20日
お昼の12時03分

ほぼ2週間ぶりで病院へ診察に行った。待合所には外国の若い女性がいた。妻にテキストを見せていろいろと尋ねていた。テキストには県内のある所へ行く方法についての説明が書いてあった。留学生のように見受けられた。異国でのいろいろなストレスで心を病んでいるのかもしれない。

自分の番になったので妻と2人で診察室に入った。1人でも行けるのだが、客観的な見方も必要だろうと思って来てもらった。山田先生に、低調だが気分は安定していることや倦怠感など、これまでの様子を説明した。仕事を休んでいることに負い目を感じて気分が沈みがちになることを説明したら、それは病気ではなく性格かもしれないということであった。薬を飲んでも性格は変えられない。診察を受けていても、以前のような暗い雰囲気はなかった。それだけでも改善されているのだとありがたく思った。倦怠感をやわらげるために、薬を減量することになった。そして、そのためにひどく落ち込むようになったら診察に行くことになった。

今日は自分の車で行った。帰りにパソコンショップで、インターネットに関するソフトを買った。仕事を休んでいるのでなんとなく気がひける。妻にソフトの名前を書いたメモを渡して買いに行ってもらった。

以前に、「治ったような感じ」を2回体験している。その時と比べると、今の状態は決して治っているとは思えない。将来についての不安や霊界的な恐怖心などが完全になくなってはいない。やはりどこか変である。これが自分の性格であるならば治ることはない。少し心配になる。

6月21日 午後4時00分

今日は日曜日なので家族全員が家にいた。みんながそばにいると、なんとなくほっとする。昼には姉もやって来て、みんなで食事をした。やはり1人の時と比べるとおいしく食事ができる。考えてみると、自分1人で家にいるのは父が亡くなってからである。1日中1人というのは休み始めてからだ。1人というのは嫌なものだ。

昨日は娘から「父の日」のプレゼントをもらった。座椅子である。居間のコンピュータは座って使うように置いてある。座椅子はありがたい。今まで「父の日」のプレゼントをもらったことがあったのだろうか。あったような気もするが、はっきりは覚えていない。今回は、病気の自分を励ます意味もあったのであろう。

薬を減量した効果については、昨日の今日だから、そうはっきりはしない。が、少し楽になりつつあるように思える。自分の病気は心の病だから、自己暗示が相当大きく影響するのだろう。

6月22日
午後4時57分
少し風邪気味なのか、頭が痛い。午後はほとんど横になっていた。
妻は仕事に、娘は姉の新しい店の建前の手伝いにそれぞれ出かけた。全国的に雨模様である。しかし、九州や東海地方のように大雨にはならなかったのでよかった。弟も手伝いに来ているようである。自分は行こうと思えば行けたのだが、結局1度も顔を出さなかった。つくづく嫌になる病気である。正当な理由で休養しているのだが、何か引け目を感ずる。この気持ちはずっと変わっていないようだ。

6月23日
午後2時21分
昨日6時頃に妻が仕事から戻った。何か手伝うことはないかと姉に電話していた。実は、その前に姉と弟が家に来て、おおかたすんで後始末をしているとのことであった。様子を見に行くことにした。家の近くだから歩いてでも行けるのだが車で行った。途中、知り合いの大工さんに会った。以前に設計図を見せてもらってだいたいの形は想像できたが、実物を見ると思ったより大きく感じた。店を建て直すことは大きな仕事である。50を過ぎてよくやるものだと感心する。あまり欲がないからできるのであろう。

今日は娘が風邪をひいて寝ている。2週間の教育実習の疲れがでたのかもしれない。昨日の夜から調子が悪かったようだ。昨日の夜は自分も寝付きが悪かった。寝る前に不眠を解消するための薬を飲んでいるのだが、昨夜は飲まなかった。倦怠感をなくすためである。たった半錠の薬だが、飲まないせいか夜中の3時くらいになっても眠れなかった。朝は寝不足で体がつらかった。

昼、娘にお粥を作ってやった。炊事仕事をしていると、本当に異常な生活だなと思う。炊事は女の仕事というわけでは決してない。本来仕事をしている時間に家にいることがおかしいのである。元の仕事に復帰できそうにない。何か恥ずかしくて復帰するのがいやだ。こういうことを考えるので胃がむかむかする。だから1日に何回か市販の胃薬を飲んでしまう。

休み始めてずいぶん長くなるが、幾分かは改善されているのだろうか。苦しむほど考え込むことはないが、身近な将来についての考え方などはいっこうに変化していないようだ。怪我などは日に日に良くなっていくのが分かるが、自分のような病人は、どれくらい良くなったのか把握しにくい。何か基準があるのだろうか。妻や弟などは、良くなったと言うが、どんなところから判断しているのだろう。

家から外に出たくない、人に会うのがいやだ、電話に出るのもいやだ。これらは、明らかに病気の症状であろう。それに、霊感的恐怖心も症状の一つかもしれない。これは、以前にはなかったことである。なめらかに話ができないことやふらつき・倦怠感などは薬の副作用だと思う。いくら休んでいても治る気がしない。

6月24日
午後7時04分

今日は簡易ソフトに関する仕事（?）に熱中していた。ほとんど一日中やっていた。作ったソフトがかなりの数になったので整理した。インターネットで学習できるようにする作業である。このことについて研究発表しようと思っていたが、途中で休むようになってしまった。このような作業はなんら支障なくできるので、病気でないように感じる。しかし、病気なのである。感情面が正常でないのだ。

午後、在学証明書をもらいに娘といっしょに大学へ出かけた。休み始めてから一番遠くへ出かけた。運転が少し心配であったが、なんとか行くことができた。健康なときにはなんでもないことが何か大きな仕事に思えるので変な気がする。

6月25日
午後4時56分

今日も昨日と同じで、一日のほとんどを簡易ソフトに関する仕事（？）に費やした。飽きもせずによくやるものだと、自分でも思う。もしもコンピュータがなかったら、どうやって長い一日を過ごすのであろうか。本当にコンピュータのおかげ様々である。運動不足になって体には良くないのかもしれない。しかし、コンピュータのおかげで余計なことを考えずにすんでいる。考えると必ずマイナス方面に向かってしまう。マイナス方向に向かい始めると、だんだん深刻になってきて苦しくなるのである。この仕事（？）は無駄なことかもしれないが、自分にとっては大事なことだ。

今日は、妻が職場へ娘の在学証明書を持って行っているはずである。妻はどんなにか肩身が狭い思いをしただろう。妻にも職場の同僚にも本当に申し訳がない。自分は休む必要がないのに休んでいるのではなかろうか。今日は暑い日になった。みんなはこの暑さに負けずにがんばっている。それにひきかえ自分は。情けなくなって、恥ずかしくて苦しくなる。どんな大けがをしても、1ヶ月もすればずいぶんと良くなるものだ。自分は、こんなに長く休んでいるのにいっこうに改善されたという自覚がない。知らない人が見ると、何をしているのかと思うであろう。姉と弟が3時頃に家に来た。2人とも一生懸命がんばっている。自分が情けなくなる。このような気持ちを外には出さないようにしている。

6月25日
午後4時45分

梅雨時の蒸し暑い日になった。今日は、気分がやや低調である。ペダル踏み、コンピュータの仕事（?）など、いつもと同じ日課なのであるが、なんとなく落ち込んでいる。薬が一粒になったからであろうか。

今日は、姉が午前と午後の2回、家に来た。工事現場へ休憩時のおやつを持って行った帰りである。よくしてくれるのでありがたい。しばらく話をしていた。姉はO型なので物事をあまり深く考えないという。うらやましい。

父と母の写真を見ていたら急に悲しくなってきた。小さいときのことがいろいろと思い出されて本当に悲しい。

頭が少し痛い。しかし、薬を飲んでいるから、頭痛薬は服用できない。

「情けない」とか「恥ずかしい」とかいう感情がなくならないものだろうか。なくなればどんなにか楽であろうに。

6月27日
午後6時18分

今年は福井震災から50年目になる。テレビでもその関係のニュースや番組が頻繁に流されている。自分が満1歳になってから数ヶ月の後に福井地震が起きた。親から聞いた話では、自分は家の下敷になってしまったのだが、太い木と木のすきまにいたので助かったらしい。運が良かったのだ。

最近、ある国の海岸に、これまたある国の潜水艦が漂流してきたというニュースがあった。潜水艦の中には9人の遺体があったという。自殺らしい。

日本で3人の死刑が執行されたというニュースもあった。そのほか、列車が脱線したり観覧席が落下したりしてたくさんの人が亡くなったというニュースが毎日のように報じられている。

死は本当に身近なのだ。生と死は紙一重なのだ。我々は、当たり前のように毎日毎日を生きている。死を自分には関係ないもののように考えている。自分の病気は死と全く無関係ではない。自分が発病してまもなくの頃、病院の山田先生から「死にたいと思ったことはありませんか」と尋ねられたことがある。「思ったことはありません」と答えた。実際そうであったのだが、振り返ってみると、「死」ということを考えないようにと無理矢理避けていたようにも思う。

自分は小さい頃にひどい肺炎になって死にそうになったことがあるという。親がよく助かったものだと言っていた。

人はいろいろな形で死んでいく。禅宗関係の本に「大死一番」という言葉があったのを思い出した。人生で一番重要なことは「死」だという。

死刑執行のニュースを聞いて、かわいそうだなとも思ったが、よく考えると、自分たちも死刑囚といっしょなのだ。違うのは、自分の死を身近に感じるか否かであって、いつか死んでしまうことには変わりがないのである。実際、死刑囚よりも早く事故で死んでしまう人がたくさんいるのである。「死は万民に平等である」という話も思い出した。

しかし、こういうことを考えていても、「死」が身近であるとは思えないのである。それが当たり前なのであろう。

6月28日 午後6時27分

今日はいつもと違う1日であった。夜中の1時頃に目が覚めた。4時ちょっと前にも目が覚めた。起きたのは10時半頃であった。朝食と昼食がいっしょになってしまった。薬も1回分がぬけてしまった。さて食べようとしたときに、近くの同級生が見舞いにきた。しばらく話をしていた。元気な友達を見てうらやましかった。午後は、インターネットである曲をさがしていた。いくらさがしても見つからなかった。ずっとコンピュータをしていたわけでもないが、気がついたら夕方であった。もう少しで日記を忘れてしまうところであった。

何のために日記を書くのだろう。確か、はじめのうちは病気治療の1つとして書いていたように思う。考える苦しさから逃げるために書いていたのだ。今は、そういう意識はあまりない。ただ、日課の1つになっている。父はずいぶん長い間日記をつけていた。少なくとも60年以上にはなる。本当に偉いものだ。全部というわけではないが、たくさん残っている。今、自分がそれを読んでいる。父は何のために日記をつけていたのだろう。時折読み返していた痕跡がある。線を引いたり付け加えをしたりした跡が残っている。探したら手紙もたくさん残っていた。

父が残した物で一番びっくりしたのは、姉の遺髪である。一番上の姉は、自分が生まれる前に、小学校の1年生の時に亡くなった。写真では見たことがある。遺髪といっしょに姉のノートも残っていた。どんなにかかわいかったのであろう。仏壇の引き出しに残されていたのだが、自分は少しも気づかなかった。その遺髪を前にして、父は毎日お参りしていたのだ。悲しみはいくら年月がたっても忘れられないのだ。

6月29日

午後5時01分

午前中はしばらくテレビを見ていた。午後は疲労感が強く横になっていた。そのうち寝てしまった。今日はやや気持ちが沈みがちである。ここのところ何度かある。

テレビで、中国の眼科医の番組を放送していた。失明しかかっていたある老婆を無料で治療していた。その老婆は、家族がなく1人暮らしであった。手術のおかげで片目が1・0にまで回復した。老婆は、「命の恩人」といって喜んでいた。目が見えるようになったこと以上に、眼科医の心がうれしかったに違いない。「地獄の沙汰も金次第」という世の中で、本当に偉い人がいるものだとつくづく思った。

6月30日　午後4時44分

昨夜、テレビで、精神に障害がある人たちに関する番組があった。かなり重症で何度も病院に入院したことがある人たちである。本来ならば今も病院で治療を受けなければならないのだが、特別な施設で働きながら病気と向き合っている。力強く生きている彼らや治療にあたる先生方の様子に強く感動した。幻聴などに悩まされているのを見て、世の中にはひどい目にあっている人たちがたくさんいるのだなとも思った。20年以上も病気と闘っているそうだ。1人の年老いた優しそうな父親がうっすらと涙を浮かべていた。とてもかわいそうであった。

今朝、久しぶりに散歩にでかけた。姉の店の工事は、屋根の部分がほぼ終わっていた。

昨日のテレビのせいではないと思うが、今日は1日中気分がかなり低調であった。コンピュータをする気にもならず、ぼんやりとテレビを見ていて一日がすんでしまった。こんな生活をしていていったいどうなるのか。テレビの人たちのようにもう治らないかもしれない。将来が何となく暗くなる。みんながばりばり働いている様子が頭に浮かんできて何か寂しくなる。自分が哀れに思える。なぜこうなってしまったのか。解決策をいろいろ考えるが、1つも見あたらない。八方塞がりである。そういえば、テレビで日本の「完全失業者」の割合が4パーセントを超えて深刻な状態にあるというニュースがあった。こういうときに、今の仕事に復帰できなかったらどうなるのか。いや、1度やめているのである。復帰なんて虫のいいことは言えない。申し訳なくて戻ることはできない。本当に、八方塞がりである。約40日も休んでいるのに、考え方はそれほど変わっていない。なんとかしたいがどうにもならない。病気でないとしたらどんなに長く休んでいても治ることはない。家族を支えなければならない者が、家族の厄介者になっているようでつらい。迷惑をかけた人たちの中に入っていくのもつらい。

薬を1錠にしたので、思考のマイナス傾向が強くなったのであろうか。

7月

7月1日　午後4時32分

今日も昨日と同じように一日中気分が低調であった。これまでもやや低調ではあったが低さが少しひどくなっている。今日から7月である。5月の上旬に休み始め、6月いっぱい休んだ。そして新しい月になってしまった。大事な仕事をこんなに長く休んでしまった。首をうなだれてしまう。普通の病気や怪我のようにだんだん治っていく喜びがない。むしろ将来への不安がだんだん大きくなっていくようだ。このままではいけない。なんとかしなければ。しかし、解決策はない。ゆっくり休めば健康になるという。だが、自分には治っても元の職場で働ける気がしない。だから、将来が不安になる。希望が持てない。水と油が混ざるのを待っているみたいである。いくら時間がたっても結果は同じである。みんなは必ず健康を取り戻すと思っている。自分はそうは思えない。だからつらくなる。

薬を減量したから低調になってしまったのだろうか。薬はそれほど効果があるものだろうか。

「大欲は無欲に似たり」という。苦しみが大きいということは、欲が大きいということであろう。わがままであるということだ。なんとかして少しでも無欲にならなければならない。なりたいものだ。

7月2日
午後3時30分

昨晩はいろいろ夢をみて熟睡できなかったようだ。夢というのはおもしろいもので、現実の物語のようで、個々の要素が全く矛盾しているのである。詳しくは覚えていないが、夢の1つは次のようなものであった。

大雪の夜、次の日の出勤に支障がないようにと、父と2人で駐車場の除雪をすることになった。駐車場に着いたときには昼で、おまけに雪も何もなかった。駐車場にあるはずの自分の自動車がない。近くの家に聞きに行った。そこには、ずいぶん前にセールスに来た同級生がいた。尋ねても自分の自動車のありかは分からない。悲しんでいるときに目が覚めた。支離滅裂な話である。夢でよかったと思った。他にもいくつかの夢をみたのだが覚えていない。以前にこのように夢をみた後に霊界的恐怖心に襲われてパニックになった。トイレに行ったときにそれを思い出した。顔面の身の毛がよだった。鳥肌が立つというやつである。病気になる前はこれほど恐ろしい思いをしたことがない。やっぱり病気だと思った。夢の中にいろいろな人が現れたが、その中に父と母がいた。ほんの短い間だが登場した。懐かしかった。

寝床でじっとしていると、どんどん恐ろしいことを考えていくので、テレビを見ることにした。テニスやサッカーの放送をしていた。見ているうちに寝てしまった。

今日は本当に暑い日である。30度はゆうに越しているであろう。みんなは暑い思いをしているだろうになどと、とにかく、いつも職場や知り合いなどの様子を考えてしまう。そして、自分の現状を認識して、つらくなるのである。

しばらく前に、娘のところへ友達がやってきた。自分は何も悪いことをしていないのだが、何となくかくれたくなってしまう。惨めな状況である。こういう考え方だから、職場復帰が難しく思えるのである。時間だけはどんどん過ぎ去っていくので焦りまくる毎日である。

7月3日
午後5時23分

何となく低調な日が続いている。50日以上もの長い間休んだのかと思うと寒気がする。

果たして、8月の下旬までに治るのであろうか。今の自分にはとても治るようには思えない。職場復帰イコール完治ならば、一生治らないような気がする。父の死や疲れだけが病気の原因ではないように思える。体を動かさない毎日が続いているから太ってしまった。少々の運動では元に戻らない。風呂に入るときにちょっと鏡を見るがあまりの醜さに胸が悪くなる。自分が出勤する様子を想像する。いろいろな人と出会うだろう。出勤したからにはいろいろな会議にも出席しなければならない。いろいろな視線が思い浮かぶ。耐えられそうにない。たぶん、周りの人はそれほど気にしないのであろうが、自分にはすこぶる重く感じられるのである。心身共に復帰できるような状態ではない。自分を含め家族の生活のことを考えると復帰するのが当たり前である。復帰しなければならないという気持ちと復帰できないという気持ちの葛藤で苦しくなる。当たり前の生活ができない自分が情けない。「三つ子の魂百までも」というように自分の性格はそんなに簡単に変えることはできない。将来への展望が開けないのである。

明日は病院へ診察に行く日だ。診察に行っても無駄のような気がする。長い間、薬を飲んでいるが、おかしな副作用に悩まされるだけで、効き目がないような気さえする。今までに2回ほど、病気が治ったような体験をしたことがあるが、それも怪しいものである。

人間である以上、社会の中でいろいろな関わりを持ちながら生きていかなくてはならない。自分の場合、その関わりを否定しているようだ。仙人にでもならなければ解決できない状況である。

復帰か否かでなくて、何か玉虫色の解決策というものはないのだろうか。

7月4日 午後5時55分

2週間ぶりに診察に行った。休暇の期間が話題になった。自分の場合は、治ったか否かの見極めが難しいという。1ヶ月か2ヶ月か、それとも来年の3月までか。今の自分には判断ができない。エネルギーが不足しているのは間違いないのだが、どれほど回復すればよいのか、あるいは、回復するはずなのかが分からないのである。本来の自分の姿が分からない。もうすでに本来の姿に戻っているのかもしれない。そうだとすると、それ以上にはよくならないのである。薬を少し強いのに変えることになった。焦燥感などに効果があるらしい。副作用もあるらしいので少し不安である。職種によっては、自分のような状態であれば、もう仕事に戻るケースもあるという話も聞いた。1週間後に診察を受けるようになった。

以前は、6月下旬のある日が一つの区切りのように思えた。研究発表の日である。自分の責任を果たさないまま、とっくに過ぎてしまった。今度は、8月の24日である。3ヶ月の休暇が終了する日である。そのとき、自分はどのような状態になっているのだろう。

生活上・職務上かくあらねばならない自分と現在の自分とのギャップが大きい。

7月5日
午後5時56分

今日から新しい薬を飲み始めた。

今日も低調であった。フランスのワールドカップ、ウィンブルドンのテニス、そして、今日から大相撲が始まった。以前に比べて、ずいぶんとテレビを見る時間が多くなった。いろいろなニュースも見ている。いろいろな人が、いろいろな場面でがんばっている。成果がどうであれ、がんばっている人は立派である。テレビに出てくる人たちだけががんばっているのではない。みんながんばっているのだ。

7月6日
午後5時14分
ここしばらく、「低調」という言葉が続いている。今日もそうである。気力が弱まっているようだ。意欲がわかないのである。日記を書いていても、何か無駄なことをしているように感じる。先日の診察さえ無駄なことのように思える。この先どうなるのだろうか。
午後、友人から電話があった。病状を訪ねられたので、相変わらず調子が悪いと答えておいた。
なんとなく気分が沈みがちになる。
新しい薬を服用しても、いまのところ特に新しい副作用はない。倦怠感と渇き。これは前から続いている。
この異常な毎日から早く抜け出さねばと思うが、当分の間、できそうにない。

7月7日
午前6時55分
今朝、珍しく、妻といっしょに、自動車でゴミ出しにでかけた。歩いてもわずかな距離だが自動車で出かけた。少し遠回りして姉の店の工事現場も見てきた。窓枠の取り付けが始まるみたいである。わずかな時間であるが、気持ちの良い朝だった。

午後4時43分

今日もいろいろと考え込むことが多かった。

「あと何日、あと何日……」

オリンピックや大きな大会などが間近にせまってくるとよく言われる言葉である。自分の場合は、8月24日までにどうしても治らなければならない。

「あと何日、あと何日……」

残りがわずかに思えて焦りを感じる。いろいろな場面を思い起こす。ほとんどがマイナスの方向である。何が障害になっているのか。仕事を休んだことで、自分が人生の脱落者になってしまったかのように思えてしまう。みんなにあわせる顔がない。

短い期間のうちに改善される見通しが立たない。

心の持ちようがすっかり変わるよい方法はないものだろうか。

7月8日
午後5時22分

今日は、平日なのだが、妻が休みだった。久しぶりに自動車で遠出をすることになった。午前の11時ちょっと過ぎにでかけた。勝山、白峰、鶴来等と、4、5時間のコースである。冬には、スキーでこの方面に何度か来たことがある。天気が良くて暑い日であった。白峰の先のダムで昼食をとった。ちょっとした遠足みたいなものである。薬の副作用で眠気がくるか気がかりであったが、その心配は無用であった。午後の4時頃、無事に家に着いた。少し、気分転換になった。

ある新聞に、一休みすることに罪悪感を覚えないで、上手にゆとりある生活を送るようにという意味の記事があった。今の自分には、その「罪悪感」という言葉がぴったりくるのである。毎日、毎日、責任を果たせない「罪悪感」に悩まされるのである。罪を犯した者のことをよく日陰者という。その日陰者の心境なのである。

いろいろなしがらみから解放されたいというのが本音である。

7月9日
午後4時38分

今日は、かなり低調だった。昨日は外出して快いひとときがあった。今日もまた、いつもの生活が始まるのかと思うと朝から沈みがちになってしまった。昨日の反動で、「沈み具合」が若干深いようである。

テレビで父親が長男を刺殺するというニュースがあった。家庭の不和ではなくて、不景気のせいだとのことである。父親は勤め先の会社が倒産して、4月から失業していた。将来を悲観して一家心中を図ったらしい。長男は近所でも評判の良い子だった。他の家族の評判も決して悪くない。そういう家庭で事件が起きた。実に悲惨である。このような中で、自分はぜいたくだとは思う。しかし、考えはそう変わらないのでつらくなる。

別の番組で、「命ある者が、命を大事にして生きる」ということを聞いた。

人間は一生の間に大きな選択を迫られることが何回かある。その選択肢は、いろいろと設定されているのであろう。しかし、どの選択肢を選ぶかについては、あたかも自分が選んでいるようで、実は、運命的に決められているのかもしれない。

7月10日
午後4時17分

昨夜から、気分の低調さに加え、歯痛に悩まされている。今頃になって、虫歯が痛くなってきた。腫れもある。痛み止めの薬を飲むために、いつもの薬の服用を1回抜いた。抜いたら抜いたで、病気に悪影響があるのではと心配になる。

最近、コンピュータに向かう時間が少なくなった。かわりに、横になってテレビを見る時間が多くなった。元々、生産性の低い生活を送ってきたのだが、ますます生産性の少ない生活になってしまった。

午後、宅急便が届いた。受け取りの印鑑を持ってくるときに、引き出しをひっくり返して、後始末にまた一苦労した。配達する人は体が大きく、前にも1度会ったことがある。2回目になると、その人も、昼の日中に仕事もしないで何をしているのだろうと不審に思ったに違いない。

時間がどんどん過ぎていく。あまり改善されたという気持ちにならないので、当然、沈みがちになる。希望とか見通しの立たない生活はつらいものである。当たり前の、普通の生活が本当にうらやましい。

7月11日
午後3時15分

久しぶりに簡易ソフト作りをした。できあがると、かすかではあるが充実感を味わうことができる。しかし、これらが実際に使われるかどうかは分からない。

なんとかしなければと思うがどうにもならない。

日記に書くこともなくなってくる。

この生活に慣れたかというとそうではない。慣れてはいけないのである。

いろいろなことが頭に浮かんでくる。ため息をつくことばかりだ。

7月12日
午後5時25分

歯痛は少しおさまったが、かわりに風邪をひいた。熱はないが、体はだるい。一日中、横になっていた。心身共に疲れた感じである。

7月13日　午後3時30分

今日は、午後、診察に行った。まず、山田先生から現在服用している薬についての効果を尋ねられた。ここ1週間は、かなり低調な状態が続いた。だから、前の薬の方が効き目があるように思えた。そのことを先生に伝えた。また、8月下旬を1つの目安にしていること、それまでに治りそうにないので焦っていることも伝えた。今回の薬は、従来から使用されている標準的な薬であることをお聞きした。量を多くしてしばらく様子をみることになった。若干の副作用があるらしい。副作用は薬が効いている証拠であるというお話をお聞きして、なるほどと思った。新たな病休の手続きのため、診断書を書いてもらった。内容は、さらに2ヶ月の休養を要するというものである。この病気は、自分の性格が大きく関わっているので一生治らないかもしれないと思うと寒気がした。

妻が、自分の勤務先に診断書を届けに行った。

左手に若干のしびれ感がでてきた。以前もこのようなことが何回かあった。そのうちの1回は、フライパンを使って料理をしたことが原因であった。大笑いである。今回は、原因が分からない。

7月14日 午後4時34分

今日は、やや気分良く目覚めることができた。妻から散歩の話もあったが、なんとなくけだるさがあったのでやめた。気分のことを話すと、期間など病休のことが一段落したからではないかと言った。あるいは、薬が変わったからかもしれない。

午後からも極端に落ち込むことはなかった。ありがたいことである。

世界中を熱狂させたサッカーのワールドカップが終わった。相当長い期間であったが、あっという間にすんでしまった。「光陰矢のごとし」とよく言われるが、時間のたつのは本当に早いものである。しかし、自分の状態は、さほど変わりがないように思える。何でも良い方に考えれば楽になるのであろうが、すべて悪い方に悪い方にと考えてしまう。この傾向は生まれつきのものであって、治ることはないのだろう。これが、自分だけのことであれば問題はないのだが、家族を含め、いろいろな人々に迷惑をかけることになるので困る。「三つ子の魂百までも」ということであるが、なんとか性格を変えることはできないものだろうか。自分らしく生きればいいのだが、それがなかなかできないのである。

7月15日　午後4時16分

毎日、同じような状況である。

なにげなく新聞の運勢欄を見た。干支別に書いてある。「己を征する者は敵を制す、これ勝負事の要諦なり」（松雲庵主）、「自己とは突き詰めれば空なり、空なる自己が働いているを知る日」、「この一息一息は天地の恵みと悟って大安楽を得る」、「一心に事をなせ、その一心が通じれば鬼神も動かん、一心とはすなわち三昧なること」（三昧とは、雑念をすてて、精神を一つに集中すること）、「思案投げ首どうにもならぬときは何事もおまかせでゆけ」、「歩いていくところに道はできる、吉も凶も一つ道である」、「よく勝つ者は無理をしていない、何事も自然体で臨むのが一番」……。非常にためになることばかりである。ちなみに、自分の干支である「亥年」は、「他人の荷物を背負っているとき我が心は安楽である」であった。確かに、今は自分の荷物をいろいろな人に背負ってもらっている。だから、苦しいのだ。かといって、今は「他人の荷物」を背負うエネルギーがないから困る。どういう形でこのような異常な毎日が終わるのかやや不安である。

7月16日

午後4時28分

今日は、1日中眠い日だった。昨日それほど遅く寝たわけではない。しかし、午前も午後も眠気をもよおし、その都度うとうとと寝てしまった。薬の副作用かもしれないが、とにかく眠い。身も心も、仕事ができる状態ではない。

7月17日

午後3時42分

今日も午前中はうとうとと横になっていた。健康を保つには、1日1万歩は歩かなければならないという。自分の1日を振り返ると、100歩も歩かないのではないだろうか。極端に運動量が少ない。人間の体は、犬や猫とは違って、直立歩行に適するように作られている。自分の場合は、横になっている方が多いから、体調もおかしくなってしまう。恥ずかしい話である。今の状況から早く脱却しなければならないのだが、これといった解決策がない。復帰か否かという、二者択一の状態だから解決策が見いだせないのかもしれない。なんとかして別の選択肢を考えなければならない。しかし、近頃は、不景気を伝えるニュースが毎日のように流されている。そう簡単には考えつかないであろう。

7月18日
午後2時32分

午前中、久しぶりに、床屋に行った。休み始めてから2回目になる。頭はさっぱりしたが、気分は、あいかわらずさっぱりしない。

今日は本格的に夏らしい日になった。

毎日よく似たことを考えている。全く進歩がない。仏の顔も三度までというが、今にみんなから愛想をつかされてしまうだろう。みんなの好意に甘えていると言われても仕方がない。しかし、どうがんばっても、ある一つの壁を破れないのである。

まさに、「働かざる者食うべからず」である。

7月19日
午後4時28分

今日から夏休みに入る。子供たちはどんなにかうれしいことだろう。自分の子供の頃を思い出してもやっぱりうれしかった。しかし、この夏休みも終わってみれば早いものなのだ。休みも終わり頃になって必死で宿題をした覚えがある。

ずいぶんと長い間休んでいるが、この夏休みが終わる頃には自分の病気は治っておるのであろうか。ほとんど自信がない。

今日、酒屋をしている伯父が来た。毎月、プロパンガスの集金に来る。いつも、しばらく世間話をして帰る。商売よりも月給取りの方がいいと言っていた。また、大手の会社に勤めていた知人が急に仕事をやめたという話もした。自分もよく似た状況にあるのだが黙っていた。その人は今後どうするのだろう。パワーがあるから今以上にうまくやっていけるだろう。自分のことを考えるとお先真っ暗になる。

7月20日　午後4時58分

今日は蒸し暑い日だった。梅雨はまだあけていないらしく午後少し雨が降った。今日も相変わらずの1日だった。寝たり起きたりの非生産的な1日である。家でごろごろしている者を「粗大ゴミ」という言葉で表すことがあるが、自分はそれ以下である。ゴミならばなんとか捨てることもできようが、自分の場合はそれもできない。自分の心がけ1つで万事解決するのであるがそれができないので苦しい。何日たっても良くなったという感触がないので、家で休んでいても楽ではない。

7月21日　午後4時45分

今日も暑い日だった。夏だから仕方がない。エアコンがあるので、昔と比べたらまだ楽である。

車庫のペンキ塗り換えを業者に頼んだ。暑いのに大変な仕事である。元気そうな様子をみると、本当にうらやましくなる。

コンピュータの周辺機器を取り付ける作業をした。以前と同様うまく動かなかった。くたびれもうけの骨折り損である。

自分は、ずいぶん長い間考えている。しかし、無駄なことを考えているのでエネルギーの無駄づかいなのだ。

午後6時31分

一風呂あびた。汗が流れるように落ちる。体に良くないと分かっていてもエアコンをかけてしまう。

以前、強烈な霊感的恐怖心に襲われたことがあった。それ以来、その時ほど強烈ではないが、それなりの恐怖心が継続していた。いまでは、それが若干薄れている。この点では良くなっていると言える。

7月22日

午後4時52分

18日の日記に「働かざる者食うべからず」と書いてある。働けない者は仕方がないが、働ける者は働かなければならないのである。自分は、働けるのに働いていない。だから、怠け者のようで苦しい。好きで働いている者はほとんどいない。みんな、なんらかの我慢をしながら働いている。自分にはその我慢が足りない。どうにかして働ける自分に戻らなければならないのに、それがなかなかできない。他人からみれば簡単なことだろうが自分には相当抵抗がある。このままではだめなこともよく分かっている。なんとかしなければならないのだがどうにもならない。病院の診察でも、どういうところがつらいのか尋ねられたことがある。特にこれとは答えられない。

7月23日
午後5時18分

平凡な毎日が続いているが、今日はちょっとしたハプニングがあった。娘の部屋にこうもりが出現したのだ。実は、昨日の夜に現れて一騒動あったという。自分は眠っていた。なんとなく騒いでいたような記憶はあるが、そのまま眠ってしまった。朝、妻にその話を聞いて娘の部屋を見に行った。娘は違う部屋で寝ていたが起きてきた。みんなでさがしたが、どこにもいない。娘は必ずいるという。クーラーのあたりから出てきたというので、その辺を集中的にさがした。こんなところにはと思ってクーラーのフィルター部を開けてみた。奥の方に何かほこりみたいな物が見えた。それがこうもりだった。捕まえ損ねて、こうもりが飛び回ることもあったが、ようやく捕獲することができた。こうもりは結構狭いところに入り込むことが分かった。窓から外に逃がしてやった。いつもは粗大ゴミにも劣る自分であったが、この日ばかりはなんとなく存在感をアピールできたようだ。しかし、それもつかの間のことで、すぐに、いつもの自分に戻ってしまった。

7月24日 午後4時58分

昨晩から家族で遠出をする予定だったが、空模様の関係で中止した。

僧侶である弟は、毎年、夏になると檀家さんといっしょに七面山登山をすることになっている。昨日出発した。姉もいっしょに行った。自分も病気治癒祈願のために同伴しようと思ったが体力に自信がないので止めた。苦しいときの神頼みとよく言うが、今の自分はまさにそれである。身体的には健康であると思うが、心の持ちようが望ましい状態ではない。簡単に治りそうだが、うまくいかない。いろいろ考えるが、最後のところになると、どうしてもよくないのである。自分でできないから、何かの力に頼りたくなる。本当に奇跡が起こって欲しいと願う。

7月25日
午後3時47分

最近では、非生産的な日々に慣れてしまっている。思い返せば、去る5月8日の夜までは、一応正常な生活が続いていた。5月10日に切れてしまったのだ。数えてみると、休みはじめてから76日目になる。その間、安楽であった日は1日もない。自分で自分を責める毎日であった。そんなに責めなくてもよいのだが、責め続けてきた。それが病気である。1度切れたものはなかなか元に戻らない。なんとかしなければという気持ちはあるのだが、なかなかうまくいかない。頭にいろいろな状況にある自分の姿が浮かんでくる。どれも苦しい状況である。はじめの頃は、父の日記を熱心に読んでいた。今はそれほどでない。前は、物語さえ作っていた。その意欲も薄れている。簡易ソフトの開発についても、アイディアが浮かんでこないこともあって、それほど熱心でなくなっている。惨めな気持ちになることがあるが、なんとかがんばらなければと思っている。

7月26日
午後3時41分

今日は、妻が、名古屋の同窓会に行くはずであった。しかし、急遽、行かないことになった。理由ははっきりしないが、自分の病気が、若干関係あるらしい。さびしい話である。だから、一層沈んだ1日になってしまった。

7月27日
午後4時55分

午前中、診察に行った。前回の診察時に比べると少しは改善されているような気がしたので、その旨山田先生にお伝えした。先生も安心された様子であった。異常に自信を持ったり過度に行動意欲が高まったりしたら相談に来るようにと言われた。薬には、沈んだ状態をずいぶんと躁状態にする効果があるらしい。今のところその気配はまるでない。できることなら、1度そのようになってみたいと思う。朗らかに暮らせたらどんなに楽しいだろう。結局、今までと同じ薬で様子をみることになった。

家に帰って改めて考えてみると、何も改善されていないような気もする。身近な将来への不安もあるし焦りもある。

7月28日 午後4時00分

最近、和歌山県で薬物による死亡事件が発生した。自治会のお祭りで、カレーライスを食べた多くの人が薬物による中毒を起こし、そのうち4人が亡くなった。無差別大量殺人事件で調査中だという。恐ろしい話である。生と死は紙一重だと思っていたがまさにその通りである。

昨夜、妻と話をしていて、仕事に行っていない自分の存在に関することがたまたま話題になった。結論は、いないよりましだということだ。理由はいくつかあったが、「くも退治」もその1つであった。どんな理由であれ、ありがたいことである。

体調は今一つである。胸焼けがする。また、深呼吸が十分できないようないやな感じも続いている。

7月29日
午後4時21分

おなかが出てきて息もしにくいくらいである。太りすぎだ。食べて横になるという非健康的な生活がその原因である。昔は成人病と言っていたが、今では生活習慣病という。年をとっても健康的な生活をしていれば病気にならないのだ。今の自分は心身共に病気である。息がしにくいので胃薬を飲んでみた。結果はほとんど変わらなかった。

いろいろなニュースが耳に入ってくる。ろくでもないニュースばかりだ。今日は、カレーライス事件のほかに、人質をとって信用金庫にたてこもるという事件もあった。環境が人をつくるのだから、もっと心温まるようなニュースが望まれる。

7月30日
午後3時41分

近頃、なんとなく息苦しさを感じていたので医者に行くことにした。病院へは行かずに近くの開業医を訪ねた。医者には、自分が別の病気で治療中であることは言わなかった。熱はなかった。脈は少し速かった。血圧は下の方が１００を越えて高めであった。心電図もとったが、目立った異常はなかった。結論は「ストレス」が原因であろうということであった。精神安定剤をもらったが飲む気はない。一応安心した。体重を計ったら、89キロであった。太ってはいるだろうと思ったが、増え方がひどいのでショックであった。医者は、少しやせた方がいいと言った。念のために、家の体重計でも計ってみた。やはり、89キロであった。なんとかしなければならない。

7月31日
午後4時33分

昨夜、また、娘の部屋にこうもりが出現した。前のこうもりよりも元気がよく、なかなかつかまらなかった。窓を開けて様子をみていたら、そのうち外に逃げていった。外とつながってるエアコンのパイプを伝って入ってくるのだろうか。我が家における自分の存在意義を改めて示せた出来事であった。

体調は相変わらずよくない。午後から頭痛もする。身も心も早く楽になりたいものだ。

8月

8月1日　午後6時29分

1日が終わるのは早いものだ。午前中は、何をしていたのだろう。午後は、何をしていたのだろう。これといったことは何にもしていない。あっという間に1日がすんでしまった。休み始めてからは、これをしなければ、あれをしなければということが何にもない。考えればぜいたくな毎日だ。本来は心身共にゆっくり休養しているはずなのだが、そうでもない。働かない癖がついてしまったようで不安になる。

深呼吸ができないようなおかしな感じは、知らない間に弱まっている。どうしたのだろうと思い出すとおかしくなる。正に病は気からである。

8月2日　休み

今日の夜から気分転換に遠出をする予定だったが、明日の早朝に出発することにした。

8月3日
午後4時40分

昨日の朝8時30分頃、小旅行に出かけた。一昨日の夜は、就寝前の薬を飲むのを止めた。昨日の朝と昼も薬を飲まなかった。安全運転のためである。出発前ずいぶん迷った。「もし事故を起こしたら……」しかし、迷ったあげく思い切って出発した。

福井から富山までは高速道路を利用した。途中のサービスエリアでよく知っている人を見つけた。あわてて自分だけ自動車に戻った。「病休中の者が不届き千万……」富山から41号線を南下して高山に向かった。途中いくつかの「道の駅」に寄った。キャンプ場にも寄った。すばらしい渓流であった。天然記念物の「オオサンショウウオ」も見ることができた。3時過ぎには途中で予約したホテルに着いた。インターネットで事前に調べておいたホテルのうちの一つに、幸運にも空き部屋があったのだ。妻と娘は高山市内を散策したが、自分は部屋で休んでいた。その間、何度か不整脈が起きた。今までも何度か経験しているもので、生命にかかわるようなものではない。しかし、遠方に来ているせいか、なんとなく気になった。ホテルご自慢の夕食を終え、お風呂に入ってのんびりとしていた。部屋のエアコンの調子が悪く少し蒸し暑かった。就寝前の薬は飲まないでおこうと思ったがなかなか寝付けなかったので、飲んでしまった。

朝の7時半頃に起床し朝食をとった。

8時半頃にホテルを出発し帰途についた。

11時ちょっと過ぎに、やはり「道の駅」で早めの昼食をとった。

昨日の大雨のせいか途中の川の水量が多く、それがとてもきれいに見えた。

午後の3時頃には家に着いた。のんびりした小旅行であった。気分転換のためにはとても効果的であった。

8月4日
午後5時02分

また、いつもの毎日が始まった。

お昼近くに、年輩の女性から電話があった。直接は存じ上げないが、職場あるいは、知人を介しての知人になる方だ。1度お目にかかったことはある。話の内容は、自分の病気治癒についてのご指導である。コンピュータだけでなく多方面に関心と関わりを持つこと、自ら自己改革の強い意思を持つこと等のお話である。ありがたいことではあるが、とても長電話なので閉口した。

夕方のテレビで、過重労働による自殺の労災認定に関する番組を放送していた。ほとんど認めてもらえず裁判になっているケースもあるという。本人の性格や家庭の問題などが業務以外の自殺原因としてあげられ労災として認められない。具体的な例もいくつか放送されていた。いずれも過重業務によってうつ病にかかり、心神喪失状態になって自殺するというパターンである。自分は心神喪失状態になる前に病院に行けてよかった。

8月5日
午後2時59分

昨夜、娘が夜遅く帰ってきた。妻はずいぶんご立腹のご様子であった。本来ならば父親の自分が厳しく叱らなければならないのだろうが、今の自分にはそれができない。なんとも情けない次第である。自分のために家族もいろいろとストレスを感じているに違いない。申し訳ないことである。

午後、弟の友人がやってきた。弟の友人といってもつきあいが長いので我が家の友人でもある。コンピュータの操作についての話が主だが、その他いろいろと世間話をした。以前同じ職場で仕事をしたことがあるN君が白血病でしばらく休職したことも聞いた。N君は運動が得意でとても頑丈そうであった。その彼が病気にかかるとは驚きである。白血病でも良性だったのでよかった。自分も病気で休んでいると言ったら、「夏休みが多いのでうらやましい」と言っていた。うらやましい性格である。

8月6日

午後1時51分

相変わらずソファーに横たわっている。外に出ることもめったにない。普通でない生活にすっかり慣れてしまったようだ。考えることはいろいろあるが、前向きのものではない。いろいろな人との関わりで社会は成り立つのだろうが、自分の場合は、全く自分の世界に閉じこもってしまっている。条件的な反射を除き、人間の行動はおおかた自らの意志によるものである。自らの意志が十分に働かないから行動もない。現状には嫌気がさすほど不満であるが、これといって行動意欲がわいてこないから困る。解決のための最善の方法は知っているのだが、心の壁が大きく立ちはだかる。

今日から高校野球が始まった。これも知らぬ間に終わってしまうのだろう。

8月7日
午後4時30分

蒸し暑い日が続いている。梅雨明けはまだらしい。休み始めた頃とはずいぶん違った生活パターンになっている。サッカーのワールドカップが始まった頃からだろうか。よくテレビを見るようになった。家族とのふれあいを多くするためにコンピュータの1台を居間に移したが、それもあまり使わないようになった。というより、コンピュータそのものにさわる時間が極端に短くなった。そのかわり横になっている時間が多くなっている。非生産的きわまりない。

夕方、仏飯を準備するのが日課の一つになっている。仏壇だけでなく父母たちの写真の前にもお供えしている。昔が懐かしく思い出される。

気分は安定しているのだが、最後のハードルをどうしてもクリアできないので、みんなに迷惑をかけている。

8月8日
お昼の12時21分

午前中、餅屋さんが来た。あべかわ餅と赤飯を買った。餅屋さんは娘の同級生のお父さんである。とてもおいしい餅屋さんである。

考えてみると、自分は一般社会と隔離された社会で生きている。自宅を訪れる人はほとんどいない。隔離されているのではなく、自らこういう状況を選んでいるのだ。「浦島太郎にならないように」という忠告を受けたことがある。しかし、すでに「浦島太郎」になっているのかもしれない。リハビリというのは、身体的に障害を持った人だけに必要であることはない。自分も社会に復帰するためのリハビリを始めなければならない。

8月9日
午後4時20分

そろそろ決断しなければならないという。いつまで休むのか。いつから復帰するのか。難しい問題である。こうしなければならない、あるいは、こうした方がよいということは十分分かっている。しかし、それができないのが今の状況である。思ったことができれば問題はない。それができないから苦しい。

今日は朝から低調であった。病気と思うから現在の自分を認めてもらえる。これが、単なる甘えならば、単なる怠けならば見捨てられて当然である。自分でも分からない。分からないから苦しい。

結論のない不安定な毎日だから、いつまでも気が休まらない。

8月10日 午前9時43分

今、診察から戻ったところである。ここ2週間、気分は前回同様それなりに安定していた。8月24日を復帰の目安にしていたが、今では9月23日が目安になっている。ずるずると長引くので焦りを感じる。今日の診察では、その復帰のことが主な話題となった。自分の意志を尋ねられた。恥ずかしい話だが、自分でも分からない。ということで復帰のことが話題になったといってもほんの数分で終わってしまった。しばらく様子を見続けようということになった。いつもと変わらない結論である。現在、いろいろな方面で迷惑をかけている。「仏の顔も三度まで」ということわざがあるが、そのうちに相手にされなくなりそうで不安である。復帰できない理由は何か。いろいろな場面で窮地に立たされる自分が想像される。それを乗り切るだけの自信がない。

奇跡が起きて、たくましい自分に生まれ変わりたいものだ。

8月11日
午後4時02分

1日が終わるのがとても早く感じる。

テレビで「パニック発作……」という病気について放送していた。東京だけで30万人ほどの患者がいるという。呼吸困難に陥って救急車で運ばれた人や自分1人で外に出られなくなってしまった人などの例が放送されていた。診てもらう病院によって異なる診断がされている例もあった。原因不明の病気として長い間苦しんでいる人もいた。家族から見放され、仕事も辞めて1人苦しんでいる。最近ようやく1つの精神的な疾患として認識され始めたという。「めまい」「吐き気」「ふるえ」あるいは「狂気に対する恐怖心」「死に対する恐怖心」など13項目ほどがチェック項目としてあげられていた。自分の場合、そのいくつかに明らかに当てはまる。二十数年もの長い間苦しんだ人もいるというから恐ろしい。

薬や対話による治療とともに、患者を支える人が必要だという。自分の場合、多くの人が支えてくれるのでありがたい。善意に甘えすぎているようで苦しいが、1度切れた糸はなかなか元に戻らないので困る。

8月12日 午後4時12分

ついうとうとと昼寝をしていた。目が覚めると、姉が目の前にいて笑っていた。本当にびっくりした。姉は頻繁に様子を見に来てくれる。いつもは、うとうととしていても人の気配に気づいてすぐ目覚めるのだが、今日は全く気づかなかった。

時々、自分だけが横道にそれたようで悲しくなる。5月の半ばを境にして、日々の生活が全く変わってしまった。普通の生活から異常な生活に変わってしまった。元の生活への道が閉ざされたわけではないが、今の自分にとっては、それがはるかかなたの遠い存在である。「自分」という殻をますます固くして「他」をかたくなに拒んでしまう。これではいけないと思ってもどうしようもない。治るかもしれないというかすかな期待を持ちながら、薬を飲む毎日である。

8月13日

午後4時03分

今日も昨日と同じような時間にうとうとしていた。目が覚めると玄関で声がする。車庫のペンキ塗りを頼んだ業者であった。集金に来た。きっと何度か大きな声で呼んだのであろう。眠そうになったら鍵をかけようと思っていたが、忘れてしまった。

まだ梅雨があけない。うっとうしい天気である。自分の気分は更にうっとうしい。現状ではいけないということが十分わかっているからおもしろくない。軽蔑や同情、哀れみの目で見られる自分が惨めである。今の病気は、燃え尽きというより過大なストレスが原因である。復帰すればまた同じストレスが待っていることは間違いない。他の人はそのような環境で平常に勤め上げている。自分にはそれができない。情けないことだ。

8月14日

午後7時10分

お盆の墓参りに行った。我が家と妻の実家の2つの墓である。父は去年から参られる方になった。一昨年までは父といっしょに9ほどの墓にお参りしていた。父は一つ一つ長いお経をあげながら丁寧にお参りした。だから、1日がかりの大仕事であった。それに比べると、いささか粗そうな墓参りではあった。

夕方、弟が来て家の仏様にお参りしてくれた。ここでも父や母の姿が思い出されて少し寂しかった。

「苦しい時の神頼み」である。なんとか、異常な毎日から抜け出せるようお祈りした。

8月15日　午後4時30分

今日は太平洋戦争が終わった日である。全国戦没者の追悼式も行われた。戦後生まれの我々は、記録からしか当時の様子をうかがうことはできない。当時の人々はいろいろな苦しみを味わったのであろう。自分は今、心の病を患っている。当時の人々のストレスは筆舌に尽くしがたいものであろう。生きるか死ぬかというレベルでのストレスである。それに比べたら自分のストレスはちっぽけなものだ。恥ずかしい気がする。単なるわがままであるような気さえする。

死んだ気になればなんでもできるという。しかし、生きている限り、心の底からは死んだ気にはなれない。

心の苦しみから解放されるようでなかなかうまくいかない。

8月16日 午前11時45分

一昨日は娘の友人が泊まりに来た。昨日は娘の友達が5、6人やってきた。にぎやかであった。みんなが帰った後、お盆ということで、ささやかではあるが家族3人でご馳走会を開いた。しばらく病気を忘れて楽しいひとときを過ごした。病気を忘れたといってもほんのしばらくのことである。いつも頭から離れない。まるで亡霊のようにいろいろな人の冷ややかな顔が浮かんできて自分を苦しめるのである。こちらの心の持ちようでどうにでもなるのであろうが、今はどうしても自分に好意的な顔は浮かんでこない。

自分には家族を養う義務がある。それが果たせないから苦しみも増す。時間がどんどん過ぎ去っていくから、いつまでもこのままではいけない。葛藤が始まるといよいよ苦しい気持ちになる。

家族で楽しくお盆をすごす様子がテレビで放送される。このままでは、と思いながらずるずると1日がすんでしまうのだ。

8月17日 午後4時52分

大方は盆休みも終わり、新たな気持ちで仕事に取り組んでいることであろう。自分は相変わらず休みが続いている。普通に勤めていた頃は、休みが終わると何か寂しい気がしたものだ。しょっちゅう休んでいると、休みのありがたさがわからない。普通に勤めに行ける人がうらやましい。

ここしばらくは気分も安定していた。しかし、自分がおかれている今の状況が意識されるたびに悲しくなる。心の重荷を引きずって生活することにだんだん疲れてくる。はじめは同情に近い気持ちで接してくれた人も、長引くにつれて軽蔑の眼を向けるようになるのだろう。「いいかげんにしてほしい」見えない人からの見えない言葉が聞こえてくるようだ。8月24日を区切りの期日としていたが、また、間に合わなくなりそうだ。

8月18日 午後1時32分

一昨日、灯籠流しに行ったことを思い出した。何十年も続いている我が家の年中行事の1つである。弟のお寺まで出かけた。姉も行った。夕方の5時半頃に、お寺の近くの九頭竜川へ流しに行った。鮎釣りの人も何人かいた。雨が降ってきたので大急ぎで流した。我が家、姉、弟家族の3つの灯籠が急流に乗って流れていった。先祖があわててあの世へ戻るようで変な気がした。「そんなにあわてなくてもいいのに……」その後、弟のお寺でみんなで食事会を開いた。弟の家には小さい子が4人いる。とてもにぎやかであった。

今年は梅雨明け宣言をしないという。珍しい年だ。それでも夏だからやはり蒸し暑い。ニュースをみる機会が多くなったが、本当に毎日おかしな事件が発生している。テレビ局も材料に事欠かないことだろう。人間にはいろいろな感情がある。健全な人は、その感情を適切にコントロールすることができる。コントロールできない人間が事件を起こす。その点、自分も完全な状態ではないから気をつけなければならない。

8月19日 午後3時40分

今日で妻の盆休みが終わった。明日から仕事である。少しは骨休みができたのであろうか。心身共にリラックスというわけにはいかなかったに違いない。自分の病気は、いろいろな人に迷惑をかけている。中でも家族に与えている被害は甚大である。家族のみんなが健康であって、はじめて健康な家族といえる。妻や娘は自分以上にストレスを感じているであろう。自分が健康を回復して職場に復帰することを心から願っている。それを思うと心痛きわまりない。

今の自分は家族に希望を与えることができない。本当に情けなく思う。家庭の不和が子供を非行に走らせることがある。我が家は、不和ではないが不安定である。娘はそれにめげずにがんばっている。ありがたいことである。

今の仕事が人生のすべてで、それに戻れないとなると悲観的になる。何かほかに生きる道はないものかと思う。現在の社会は不景気で、まともな人さえ日々の生活に不安感を覚えている。こんな中では新しい生き方を見つけることはまず不可能のようである。なんとかよい方法を見つけなければならない。時はどんどん過ぎ去っていく。それほどノンビリもしていられない。焦る。

8月20日
午後4時47分

昨日の新聞に「現代人襲うストレス」というタイトルの記事が掲載されていた。事務職から営業に回されて過敏性腸症候群にかかった40代半ばのサラリーマン。管理職になった途端に心身症になった例。潔癖・完全主義者である場合、部下が思ったように仕事をこなしてくれなかったりすると、それがストレスになって抑鬱症状になってしまうという。特に、システムエンジニアやプログラマーなど現代社会を象徴するコンピュータ関連の仕事をしている人に多く見られる現象らしい。人間は機械ほど思った通りに動いてくれないのだ。結果、疲労や倦怠感、不眠症などの身体症状、焦燥感などの精神症状が見られるようになり、極端な場合は、抑鬱状態や出社困難症のような心身症状を起こしてしまうケースも多いらしい。自分はまさにこの極端な例なのだろう。

午後、上司から電話が入った。以前、20日に病院の山田先生と相談するということを聞いていたのでそのことかと思ったら、コンピュータの不都合の件だった。月末までに来年度の予算請求の資料を作っていたらコンピュータが動かなくなったらしい。コンピュータに詳しい同僚に聞いてもらうよう頼んだ。この資料作成は、本来自分の仕事である。職場に迷惑をかけていることを肌で感じて苦しかった。

8月21日
午後4時12分

今日は金曜日。いわゆる「ごみの日」である。月曜日は「燃えないごみ」。火曜日と金曜日は「燃えるごみ」。自分が家の外に出るのは「ごみの日」の朝だけである。ごみ袋を持った妻といっしょに所定の場所に自動車で出かける。その後、姉の店の建築現場を一回りして帰る。短い時間だが楽しいひとときではある。

自分の場合、家から出ていけないことはない。後ろめたいことも何にもない。だが、出る気にならないのである。人に見られるのがなんとなくいやなのである。自主的自宅謹慎の心だ。

8月22日
午後3時57分
夏の高校野球大会が終わった。あっという間の17日間。世の中はどんどん動いていく。なかなか立ち直れない自分に焦りを覚える。自分にはどういう道が残されているのであろう。なるべく考えないようにしているが、時間がどんどん進んでいくから、いつまでもそうしているわけにはいかない。しがらみから解放されて自由になりたい。しかし、働かざる者食うべからずで、生きるための糧をさがさなければならない。このままの状態がずっと続くものではない。緊張感におそわれる。時間が経てば経つほど復帰が難しくなりそうだ。決断するエネルギーが満たない状態で決断を迫られている。
長い間薬を服用しているが目立った効果はみられない。

8月23日
午後4時51分
一つの目安にしていた8月24日は、もう明日である。月日のたつのは本当に早い。結局治らなかった。

結構暑い日だったようだが、外に出ないのではっきりとは分からない。

テレビを見たり横になったりして1日がすんでしまった。

コンピュータも以前のようには熱心にしなくなった。これがいいことなのかよくないことなのかも分からない。

一般社会との接点はごくわずかである。このような生活が本当に長く続いたので、社会に戻るのが不安になる。

8月24日 午後3時43分

いよいよ8月24日になった。病気休暇3ヶ月の最終として、今日を1つの区切りとしていた。ところが、病状は本質的にはあまり変わっていない。休みはこのまま継続することになる。

9時頃に病院へ行った。2週間ぶりである。他の患者はなく、すぐ診てもらえた。病状は相も変わらず「やや低い次元での安定」である。20日に山田先生と上司が自分の今後について話し合ったということであった。仕事を遂行する能力には問題がないこと、安全性を考えるならば年度末まで休んだ方がよいことなど、その時の話をしてもらった。自分自身でもどうしたらよいかはっきり分からない。そもそも、決断できないということ自体が病気の一症状なのだ。無理して出かけて登校拒否のようになっては困るとも言われた。つまり、学校のそばまで行ってもどうしても中に入れないといったような状態である。情けない話である。失敗するのではないかとか、変な目で見られるのではないかというようなことになっても困るという。また、年度末まで長引いても、今とそれほど状態は変わらないだろうということも聞いた。休みはじめの頃は、公教育には戻らず自分で新しい取り組みを始めるということを力説したそうだ。今はどうかと聞かれた。今でもその考えは持っているのでそのまま答えた。相当のエネルギーが必要だと言われた。結局、2週間じっくり考えて結論を出すこととなった。薬も今までと同じである。また、2週間苦しむことになるなと思った。追い込まれる心境である。

実は、病院へ行く前にうとうとしていて夢を見た。病院へ診察に行く夢である。途中、伯父と父が現れた。教え子もたくさん登場した。病院前は学生の集団検診の列ができていて、その中に教え子がいたのである。いきなり、アジ化ナトリウムの洪水に襲われた。みるみる軒下まで迫ったが自分はどうにかおぼれないでいた。そして、みるみるうちに引いていった。その後、洪水とはまるで無縁な場面になった。診察を待っているという設定に変わりはない。鼻をかみたかったので、ティッシュをもらおうとすると、教え子の1人が仕立てのいいハンカチをくれた。それで鼻をかんだ。他にも、もっといろいろな場面があったように思うが、詳しくは覚えていない。自分の今日の予定、毎日テレビをにぎわしている毒物混入事件、あるいは、仕事のことがいっしょくたになった夢であった。

8月25日
午後4時43分

今年、中国は未曾有の大洪水に襲われた。昨日の夢は、この事とも関係があったのであろう。夢というのは本当におもしろいものである。

今日は、2週間の間に何らかの結論を出さなければならないということで、重苦しい1日であった。「ねばならない人生」からは、楽しいことは何一つ生まれてこない。しかし、社会生活を営むうえで、人間には、「ねばならないこと」がたくさんある。ここのところが問題である。どの程度で折り合いをつけるか。あまり厳しく設定すると息が詰まってしまう。できることなら、気楽にいきたいものだ。

8月26日
午後4時52分
今日は、午前中も午後もうとうとしていた。なんとなく頭がぼんやりしていた。寝不足ではないと思うが、とにかくはっきりしない1日であった。
午前11時頃、ウィンドウズ98用のコンピュータが届いた。はじめて通販で購入した。コンピュータの進化はとても速い。最新情報から目を離すとすぐに浦島太郎になってしまう。今までと違うタイプのコンピュータを購入したので慣れるまでが大変だ。
新しいコンピュータが入ってもこれまでのように意欲がわかない。
何をしても何か嫌な感じがつきまとうので困る。

8月27日
午後4時14分
昨日、妻から、上司からの連絡を聞いた。8月中に、9月24日以降の、自分の身の振り方を決定しなければならなくなった。復帰か休職か。昨晩じっくり考えた。今日は、病院の先生とも相談した。管理職でなかったらすでに出勤できる状態にはなっているという。家に戻ってからも考えた。あるべき姿についてはよく分かっている。心的状態がそれについていけるかどうかである。理性が強く働くと、今すぐにでも復帰できるような気になってくる。感情らしきものが強く働くと復帰できそうにない。それどころか、退職することによっていろいろなしがらみから一刻も早く解放されたいと思う。自分には家族がいる。家族のためには、復帰が最高の解決法である。わかっているがどうにもならない。疲れてしまった。

8月28日
午後4時48分

9月24日頃の自分の姿を想像してみる。どれもマイナス的で夢も希望もない。ただ申し訳ないと頭をかかえるばかりである。

何ヶ月もかかってやっと今の状況である。1ヶ月足らずでそう好転するとは思えない。家族に申し訳なくて頭が痛くなる。

8月29日　午後4時35分

最近、うとうとしている時間が長くなっている。午前中何をしていたのかはっきり覚えていない。お昼頃、妻が仕事から戻ってきた。いっしょに食事をして、テレビを見ていた。うとうとしていたので内容はほとんど覚えていない。

「決断」といういやな仕事が待っている。一応の決断はしたが、それはあやしいものである。こういう気持ちでいるから、毎日が穏やかではなくなった。疲れも感じる。

8月30日　午後2時44分

迷うということはなかなか苦しいものである。あるべき姿があって、そこに行き着けない自分。何をしても身が入らない。心に余裕がないからであろう。大きな問題を抱えているから、何をしても充実感というものがない。いろいろな考えが浮かんでは消えていく。大きな問題といっても、本当はささいなものかもしれない。しかし、今の自分にはたった一つの大きな問題なのである。どういう形で解決したらよいのか。どういう形で解決するのか。分からない。

人間の細胞はどんどん生まれ変わっているという。しかし、考えはそうたやすく変えることができない。一時「変身」という言葉が流行したが、できるものなら今すぐにでも変身したいものである。

8月31日
午後4時6分

今日もいろいろ考えていた。考えて苦しむのが病気だから仕方ない。同じ考えていても期日が迫ってくると穏やかではない。焦りもあれば不安もある。時が解決するというもののやっぱり心配である。

今日に限ったことではないが、一種の対人恐怖症に襲われることがある。人に会うのが嫌なのである。きっと、仕事を休んでいるからであろう。玄関に近い部屋で休んでいると妙に外の音が気になる。いろいろな用事のお客さんがくるが会いたくない。

9月

9月1日
午後4時6分

とうとう9月になってしまった。今日は始業式である。テレビのニュースでも元気に登校する子供たちの様子が紹介されていた。

自分の状態は少し悪くなっている。ここ数日、結論を出すことを迫られているからであろう。5月にいったん「退職」という結論を出した。しかし、病気だろうということで、今まで休養してきた。見かけは回復しているようだが、本質的にはそれほど回復していないように思われる。家族のことを考えると、10日も早く復帰しなければならない。ところが、それを妨げる何物かが、心の中にしっかりと根を張っているのである。

今日は、娘の誕生日でもある。「最低の父親、最低の夫」である自分が本当に情けない。本当に申し訳ない。

9月2日
午後4時47分

今日は、朝からそわそわしていた。上司が家にお見えになる。妻も同席するため早めに帰ることになっている。

午後3時半頃お見えになった。妻も少し遅れて帰宅した。仕事の様子や自分の病状などについていろいろ話をした。職場に迷惑をかけていることをひしひしと感じた。最後は、復帰か休職かということになったが結論は出なかった。9月23日が境目になる。病院の先生と十分相談することにした。復帰するといろいろな仕事と直面する。自信のほどを尋ねられた。仕事に対しては自信があるが、心の奥底に何かブレーキをかけるものがあるということを話した。

復帰については不安だらけであるのが実状だ。

9月3日
午後3時17分
昨日は、上司と復帰を前提にいろいろと話をした。それ以来、悶々とした時間を過ごしている。何ヶ月もかかって、やっと今の状態である。わずかな時間で完治するとは思えない。不完全な状態で復帰することになるが、いろいろな業務を正常にこなせるかどうか全く不安である。できることならもう少し休みたい。しかし、職場の現状を聞くとそうもいっていられないのだ。

よくよく考えて休むことにした当時を思い出す。ずいぶん長い間休養したがどれだけ改善されているのだろう。

なんとかプラス思考をしようと努力するが、なかなかできない。困ったものだ。しかし、時間だけはどんどん過ぎ去っていくのだ。

9月4日
午後3時00分

今日も朝から悶々としていた。「迷い」というのは本当にやっかいである。復帰か。休職か。いろいろな状況から判断すると、もちろん復帰が妥当である。ただ、感情的にはそう簡単にいかないのである。休み始めてから4ヶ月近くなる。これだけ長い間休んだのだから回復しているはずだと思われがちである。その「はずだ」が問題だ。少しは改善されているのだろうが、あまり改善の自覚がないのである。だから迷ってしまう。今の仕事を続けるならば今回の復帰は最後のチャンスかもしれない。休職に踏み切った場合、それはすなわち退職を意味する。

しかし、よく考えてみると、1度退職したことである程度の心の安らぎを得ることができた。それが病休として処理され、現在に至っている。また、あの時点に逆戻りすることになる。迷うのは当然な気がする。

選択することができる現状はありがたいことなのだろうが、実際は苦しい。

9月5日

午後3時42分

今日は、ほとんど横になっていた。何をするにも意欲がわかない。症状がずいぶん逆戻りしたようだ。

昨日の午後6時頃、会の役員が3人見舞いに来てくれた。2人は同級生である。会からの見舞いは2度目になる。休んでいる期間が3ヶ月を越えたからだ。申し訳ない。

現状で、果たして復帰できるのだろうか。疑問に思う。あさっては診察の日だ。山田先生と相談する。先生も、きっと復帰を勧めるだろう。

9月6日　午後3時07分

今日も重苦しい1日であった。ぼんやりテレビを見ているだけで、何にも意欲がわかない。日記を書くのがやっとである。

いよいよ明日は診察の日だ。結論を出さなければならない。復帰しなければならないというプレッシャーに押しつぶされそうになる。本音は嫌なのである。おまけに自信もない。だが、いろいろな状況を考えると復帰しなければならない。いろいろな場面が想像されてそのたびに緊張感でおなかがしめつけられる。

9月7日　午後4時47分

診察に行った。山田先生と相談した結果、9月21日から復帰することになった。というより、復帰を原則とした話になっていた。自分もそれ以上休むのは申し訳ないと感じている。山田先生も、時間的にみて自分が十分回復していると判断しているみたいである。これ以上休むのはわがままというものだろうか。

長いこと休んだわりにはすっきりしていない。100パーセント回復することはないということは以前も聞いた。70パーセントほど回復したらよしとしなければならないという。毎日の勤務に耐えられない気がする。このような気持ちで本当に復帰できるのであろうか。

9月8日
午後3時31分

昨日、上司に、9月21日より出勤する予定であることをお伝えした。

午前中に、上司と仕事関係の会社の方から電話があった。午後は同僚から電話があった。

9月16日にお会いする約束をした。すでに、いわゆる外界との接触が開始された。

実は、今でも復帰については、おおいに悩んでいる最中なのである。ほとんど家から出ることのなかった生活が、9月21日からすっかり変わってしまうのである。不安でしょうがない。異常な毎日から抜け出すことができることはうれしい。家族もどんなにか喜んでくれるだろう。期待もあるが不安の方が大きい。9月21日までに大きく心変わりしてしまうかもしれない。不登校の子供のように仕事場の玄関から1歩も進めなくなるかもしれない。

もうあまり時間がない。よっぽど心を丈夫にしておかなくてはならない。

9月9日
午後4時28分

今日は妻が休みであった。おかげで、平日ではあるが一家でのんびりできた。
午後、玄関のチャイムが鳴ったので出てみるとプロパンガスの業者であった。ボンベの取り替えに来たのだ。駐車場の車がじゃまになるので移動した。その人は話好きで、いつもならいろいろ話をするのだが、今日はすぐ帰った。平日なのに自分が家にいることが不思議であったのだろう。
間もなく、この風変わりな生活も終わりを迎えるはずだ。果たして無事にその日を迎えられるであろうか。

9月10日
午後3時04分

この日記もあと10日で一応の区切りを迎える予定である。このような時期になっても自信にあふれているわけではない。むしろ疑問である。ある日を境にして、表と裏をそう簡単に入れ替えることができるのであろうか。

何が不安か、いろいろ考えてみる。人との交わり、業務の遂行。それはいろいろ浮かんでくる。しかし、今のところ後戻りをするつもりはない。

「作用反作用の法則」を思い出す。1の力を加えれば1の力が返ってくる。5の力を加えれば5の力が返ってくる。こちらが身構えれば身構えるほど大きな力が返ってくる。楽な気持ちでその日を迎えることが肝要であろう。

今日は、父の命日である。弟がお参りに来る。今は亡き人々の支援を心からお願いするつもりだ。

9月11日
午後3時01分

昨日、弟に加持祈祷をしてもらった。加持祈祷というと非科学的なように思えるかもしれない。しかし、「溺れる者わらをもつかむ」である。状況が好転するのなら何でもいい。それに、科学的に解明されることがこの世のすべてではないと考える。科学的には説明できないことがたくさん存在するのである。加持祈祷が終わって心の掃除ができたような気がした。
最近、9月21日復帰を前提とした生活を送っている。不安はある。そのことによって失うものもあれば、反対に得るものもある。後者をだんだん膨らませることによって、力を得たい。

9月12日 午後4時26分

今日も早1日が終わる。時々テレビを見ながら、時々横になりながらという、いつもの1日である。だんだん復帰予定の日が近づいている。今のところ予定に変化はない。ただ、休みはじめの頃に考えたことがふいと頭に浮かんでくる。しかし、少しのもやもやはあっても、極端な苦しみはない。ケースバイケースで対応策を考える。見通しはそれほど明るくはないが、お先真っ暗ということもない。あきらめに似た考えになることもある。無駄な抵抗をしないと言った方がいいかもしれない。

9月13日
午後3時58分

昨夜、夜中の3時頃、夢を見て目が覚めた。大きい岩が木の上にあって、それが落ちそうになっている夢である。確か蛇も現れた。どちらが恐ろしかったのか定かでないが、悲鳴をあげたらしく、娘が心配して様子を見に来た。それから、朝まで眠ることができなかった。少し風邪気味でもあってか、だるい1日であった。昼はいつも服用している薬でなく、風邪薬を飲んだ。

食欲もなく、いよいよ出勤1週間前というのに、何かしら不安になってくる。

9月14日
午後7時25分

朝、歩いてゴミ出しに行った。町内の人と会ったので軽く挨拶をした。その後、娘を医者に連れて行った。急性の胃腸炎であった。昼、おかゆを作ってやった。元気がなかった。

午後、伯父がガスの集金に来た。自分の病気のことで少し話をした。彼の息子、すなわち、自分の従弟は28歳で亡くなっている。原因は、くも膜下出血である。伯父もその頃、自分と同じような病気になったらしい。　商売を休むことはなかった。　1年ほど続いたということである。

外にいたら野菜売りのおばさんに会った。久しぶりに話をした。

夕方、娘の熱が上がったので、解熱剤をもらいに行った。

同僚が書類を持って訪ねてくれた。一番お世話になっている人である。書類を仕上げて明日持って行くことになった。

今日は、なかなか忙しい（？）日であった。

9月15日
午後5時40分

今日は、「敬老の日」であった。休日だが、妻は午前中、仕事に出かけた。受け持ちの子供が「敬老の日」の行事に参加するらしい。ご苦労さんだ。

昼近く、友人が見舞いに来てくれた。何度も見舞いに来てくれて本当にありがたい。

「ありがたい」という感謝の気持ちは、きっとプラス思考だと思う。感謝の気持ちであたれば、いろいろなことができそうに思える。この感謝の気持ちと、「力まない」「無理をしない」という気持ちを大切にしながら、復帰に備えたい。

9月16日
午後4時09分

娘が元気になった。よかった。

台風が日本に上陸した。この辺では影響がほとんどなかった。

夕方、同僚と会うことになっている。休んでいる間の様子や今後のことについていろいろ相談することになっている。

不安がこみ上げてくることがある。今のところは、「なんとかなるだろう」と思っている。当日になるとどうか分からない。復帰にむけて、いろいろ動き出していることは間違いない。みんなの期待に応えなければならない。

9月17日
午後3時15分

昨日、仕事仲間と簡単な引継ぎをした。場所は姉の経営する喫茶店である。休んでいる間の活動など、いろいろなことを聞いた。この人には、復帰してもいろいろとお世話になるので、よくお願いしておいた。

自分は、まさに「浦島太郎」である。いろいろな業務を聞いて頭が痛くなってきた。休む前は、これは難しいと思うような仕事はほとんどなかった。いざ復帰となると、それらの業務がとても難しく感じて不安になる。

「見切り発車」という言葉がある。自分は復帰を前にいろいろなことを考えすぎる。10パーセント整えてから復帰するというのは無理な話である。その場になってから考えればいい。つまり、なるだろうという「見切り発車」の心が大切なのだ。

しかし、以前は比較的簡単に思えた仕事が難しく感じるというのは不思議な現象だ。

9月18日

午後3時52分

復帰前の緊張感からか、それとも偶然風邪をひいたためか、体調が思わしくない。微熱があるような、胃腸がやられているような、嫌な感じである。昨夜は、いつもより早く就寝した。それでも熟睡することはなく、夜中の3時くらいに目が覚めてしまった。

今日は、病休中、特に世話になった4人の方々にお詫びとご挨拶の電話をした。これだけのことでかなり緊張してしまう。おなかが締め付けられる。このような状態で本当に復帰できるのかと心配になる。

復帰に伴う喜びと苦痛が、入れ替わり立ち替わり想像される。なるべくプラス思考するように努力する。とにかく、構えすぎないように自分に言い聞かせている。

9月19日
午後3時31分

今日、4ヶ月ぶりに職場に行った。診察を受けてから出かける予定だったが、山田先生はお休みだった。職場に行ったら、上司が出張中であった。でも、同僚に会うことができた。本当に久しぶりである。

短い時間であったが、緊張のせいか、家に戻ったらどっと疲れが出た。これで本当に仕事ができるのかと思うくらいである。午後は横になっていた。

端から見れば、仕事に行くのは当たり前のことで、自慢にも何にもならない。しかし、自分にとっては一大決心である。自分は、1度、「関わり」を放棄している。その「関わり」

の中へ戻るのだから、非常に苦しいものがある。いろいろなことがイメージされて苦しくなる。

ひたすら、復帰することのよさを自分に言い聞かせている。

9月20日

午後5時03分

いよいよ明日から出勤である。

午前10時頃から病気見舞いのお礼の準備を始めた。ほとんどは店から配達してもらい、4軒だけ直接お伺いすることにした。いろいろな方から励ましのお言葉を頂いた。本当にありがたいことである。

今日は妻の誕生日である。娘が準備したケーキでささやかなお祝いの会を開いた。幸せを感じる。家族には長い間、心配をかけた。

午後、テレビで宮沢賢治の映画を放送していた。父は宮沢賢治を尊敬していた。死ぬまで枕元に宮沢賢治の書物を置いていた。父を思い出しながら、その映画を見ていた。

明日からの仕事については、不安はある。しかし、動き出した汽車に乗ったら後戻りはできそうにない。力まず、構えず、自分ができることをしようと思う。天井のしみのようで、見方によっては何にでも見える。なるべくプラス思考に努めよう。

9月21日 午後4時15分

今日、久方ぶりに職場に行った。5月11日から133日間、家で療養した訳であるが、それほど長く空白があるとは感じなかった。みんなあたたかく迎えてくれた。休んでいる間、いろいろ考えたことの多くは取り越し苦労だったように思える。と言っても、全く緊張感がなかったわけではない。午前中の勤務を終えて家に着いたときは、かなりの疲労感を覚えた。

午後は診察に行った。無事に復帰の第一歩を踏み出すことができたのは、本当に山田先生のおかげである。心から感謝申し上げた。第一歩を踏み出したら後は大丈夫だと励まして頂いた。不眠症の治療については、少なくても9時には薬を服用して寝るように指導を受けた。夜遅く寝る習慣がついてしまっているので、これは改めなければならない。

普通の人には実に当たり前のことだが、自分にとっては記念すべき1日になった。

焦らず、力まず一歩一歩前進していこう。

おわりに

父の弱々しい姿を見たのは、医師の診断を受けて休職をした、この時が初めてでした。こたつに入りながら、煙草に火をつけて2、3回吸ったかと思えば消して、また新しい煙草に火をつけての繰り返し。灰皿に白くて長い、まだまだ吸える煙草がどんどん増えていくのを、ただ見ているしかありませんでした。父は、陽気な人ではなかったけれど、優しくて、ユーモアがあって、怖くて、冷静沈着で、迷いがなくて、いつも正しい答えをくれる人として私の目に映っていましたから、このような父の姿は異様でした。

それでも、しだいに少々の家事をする父が家にいることが普通になっていきました。職場復帰すると聞いた時はまだ家にいたらいいのにと思いましたが、「復帰はお母さんへの誕生日プレゼントや」と、お皿を洗いながら笑顔で話してくれたので、反対はしませんでした。

復帰後は、おかげさまで定年まで勤めることができました。その中で、卒業生に向けて父は次のような言葉を贈っています。

＊

時には、いっしょに「ひなたぼっこ」を

先生は時々、「プロジェクトX」という番組を見ます。解説によると、熱い情熱を抱き使命感に燃えて、戦後の画期的な事業を実現させてきた「無名の日本人」を主人公とする「組織と群像の知られざる物語」。先達者たちの「挑戦と変革の物語」を描くことで、今再び、新たなチャレンジを迫られている二十一世紀の日本人に向け、「挑戦への勇気」を伝えることをめざすという番組です。中島みゆきさんの「地上の星」という歌から始まり、エンディングは、「ヘッドライト・テールライト」という曲にのせて、主人公の偉業が語られます。いつも感動を覚えます。

話は変わりますが、通勤途中に、時々、道の端を自動車に遠慮しながら、腰を曲げ、杖をついて歩いているおばあちゃんに出会います。そのおばあちゃんに出会うたびに、なぜかしら、「プロジェクトX」を思い出します。今ほど便利ではない時代、日常生活そのものが大変だったでしょう。子どもを育て、孫を育てながら、黙々と働いてきたのでしょう。また、地震や台風な

ど、数多くの自然災害を経験し、苦しいことや悲しいことにもたくさん出会ったことでしょう。まさに、幾多の嵐を乗り越えて生き抜いてきた人間の威厳がしみじみと感じられます。「無名の日本人」の中の、なおいっそう「無名の日本人」でしょうが、おばあちゃんの人生ドラマを、「地上の星」や「ヘッドライト・テールライト」の音楽にのせながら、紹介してあげたくなるのです。

相田みつをさんの詩に、「自分の番　いのちのバトン」というのがあります。

父と母で二人
父と母の両親で四人
そのまた両親で八人
こうしてかぞえてゆくと
十代前で千二十四人
二十代前では――？
なんと百万人を越すんです

過去無量の
いのちのバトンを受けついで
いま　ここに自分の番を生きている
それが　あなたのいのちです
それがわたしの　いのちです

相田みつを著『本気』（文化出版局刊）より ©相田みつを美術館

おばあちゃんも「自分の番」を精一杯生きています。先生も「自分の番」をしっかり頑張ろうと思っています。

でも、疲れたときには、ちょっと一服も大事。先生は、「ひなたぼっこ」が大好きです。時には、いっしょに「ひなたぼっこ」をしましょう。

＊

私も、「ひなたぼっこ」をしながら、「自分の番」を精一杯生きようと思います。

著者プロフィール

越前 睦吾郎（えちぜん むつごろう）
本名 定兼敬治（さだかね としはる）。
1947年福井県生まれ。
2021年永眠。

心の虫眼鏡 —病中日記—

2023年4月15日 初版第1刷発行

著 者 越前 睦吾郎
発行者 瓜谷 綱延
発行所 株式会社文芸社
〒160-0022 東京都新宿区新宿1－10－1
電話 03-5369-3060（代表）
03-5369-2299（販売）

印刷所 株式会社フクイン

ISBN978-4-286-30115-0